Helen Brooks
Desengañados

HARLEQUIN™

Editado por Harlequin Ibérica.
Una división de HarperCollins Ibérica, S.A.
Núñez de Balboa, 56
28001 Madrid

© 2009 Helen Brooks
© 2015 Harlequin Ibérica, una división de HarperCollins Ibérica, S.A.
Desengañados, n.º 2422 - 21.10.15
Título original: The Boss's Inexperienced Secretary
Publicada originalmente por Mills & Boon®, Ltd., Londres.
Este título fue publicado originalmente en español en 2009

I.S.B.N.: 978-84-687-6742-0
Depósito legal: M-25826-2015
Impresión en CPI (Barcelona)
Fecha impresion para Argentina: 18.4.16
Distribuidor exclusivo para España: LOGISTA
Distribuidor para México: CODIPLYRSA
Distribuidores para Argentina: Interior, DGP, S.A. Alvarado 2118.
Cap. Fed./Buenos Aires y Gran Buenos Aires, VACCARO HNOS.

Capítulo 1

POR qué había sido tan estúpida como para meterse en eso? El viejo dicho de que el orgullo llevaba a la caída iba a hacerse realidad ese día. Hacía tiempo que debería haber enviado una carta cortés diciendo que había cambiado de opinión por circunstancias imprevistas, cualquier cosa...

Kim gimió y se miró en el espejo de cuerpo entero del dormitorio. No solía inspeccionarse tan a fondo. Solía bastar un vistazo para comprobar que no se le había corrido el maquillaje ni tenía una carrera en las medias. Ese día era distinto. Tenía que estar perfecta de pies a cabeza.

Ojos marrones oscuros bajo un espeso flequillo castaño dorado le devolvieron una mirada ansiosa. Tal vez no debería haber elegido el traje de chaqueta de color azul cielo. Uno en un tono más desvaído habría sido mejor. Los grises y antracitas neutralizaban sus generosas curvas sin enfatizar que, con un metro ochenta de altura descalza, era lo que su padre, amablemente, denominaba escultural. Su madre, una diminuta rubia, esbelta y delicada se limitaba a suspirar al verla. La bonita niña que su madre había insistido en vestir con volantes y lazos pronto se había convertido en un chicazo con tendencia a los accidentes, que había seguido creciendo. No creía que su madre la hubiera perdonado por eso.

Era demasiado tarde para cambiarse. No podía llegar tarde a la entrevista con Blaise West.

Se le encogió el estómago y tragó saliva. La sensación de pánico no era nueva; tenía los nervios desatados desde que había recibido la breve y directa carta, en papel con membrete, diez días antes. Su solicitud para el puesto de secretaria personal del señor West requería una entrevista a las diez, en la sede de West Internacional, el uno de junio. Incluía un número de teléfono por si le resultaba inconveniente.

No había llamado. Gimió de nuevo. Por culpa de Kate Campion. La bella y fría Kate, secretaria del director del departamento de contabilidad y que le había puesto el mote de Amazona Abbot. Y no como cumplido, desde luego.

Kim apretó la boca. Kate y sus amigas no habían sabido que estaba en uno de los cubículos del aseo cuando entraron a retocarse el maquillaje antes del almuerzo. Se reían.

–¿Estás segura de que la ha dejado él, Kate? –preguntó una de ellas– Podría haber sido al revés.

–¿Qué? ¿Un hombre tan guapo como Peter Tierman rechazado por la Amazona Abbot? Lo dudo, Shirley. Además, me lo ha dicho él mismo, tras invitarme a cenar esta noche.

–¿En serio? –se oyeron unos grititos–. ¿Vas a salir con Peter esta noche?

–Me dijo que llevaba mucho tiempo deseando hacerlo, pero no sabía cómo librarse de la Amazona. Aunque sea alta como una torre, por lo visto es pegajosa como una lapa. Sentía lástima de ella y por eso la invitó a salir. Venga, vamos, me muero de hambre –salieron, dejando una nube de perfumes diversos y empalagosos tras ellas.

Kim había salido del cubículo con las mejillas ardientes y los ojos chispeantes de ira.

No tenían derecho a hablar así. Y Peter había mentido. Había sido ella quien lo había dejado un par de noches antes, harta de escuchar sus grandes ideas sobre sí mismo.

Peter sería guapo, pero era muy vanidoso. Eso, unido a su empeño en llevársela a la cama, la había aburrido. Tendría que haber puesto fin a la relación mucho antes. Había sabido desde la segunda cita que no era el hombre que había creído, pero había rechazado tantas citas en los últimos dos años, desde lo de David, que había decidido perseverar. Un error colosal.

Había vuelto a su despacho y, mientras se comía sus sándwiches, había decidido no intentar justificarse. La oportunidad de dejar las cosas claras llegaría antes o después, y lo haría de forma serena y con dignidad.

Respecto al mote no podía hacer nada. Siempre había sabido que le caía mal a Kate, seguramente porque no había expresado ningún interés por unirse a su venenoso grupo de amigas.

Al día siguiente, oyó decir que Kate iba a solicitar el puesto máximo: secretaria personal de Blaise West, el gran hombre, que había sido anunciado dentro y fuera de West Internacional. Algún demonio interno la llevó a presentarse ella también; era tan buena como Kate Campion.

Había trabajado en la carta de solicitud y en su currículo la mitad de la noche y lo había presentado la mañana siguiente. Se había arrepentido de inmediato, pero se convenció de que no tendría noticias. A lo sumo, una carta agradeciéndole su solicitud y deseándole lo mejor.

Kim tomó aire y agarró su bolso. Nunca había estado en la oficina principal, situada en un edificio de lujo, cerca de Hyde Park. West Internacional tenía sucursales en toda Inglaterra, así como en América y Europa. Ella llevaba dos años trabajando como secretaria del director de ventas en la sucursal de Surrey. Antes de eso, tras licenciarse en la universidad, había tenido un trabajo mediocre que veía como una forma de pasar el tiempo hasta casarse con David e iniciar una familia. Sus sueños se habían centrado en David desde que se conocieron en una barbacoa, la primera semana de universidad.

«Estúpida», se dijo. Había tenido que aprender, de la peor manera, que los hombres decían una cosa y hacían otra, que no eran de fiar.

Se detuvo en la puerta y miró a su alrededor. Se había trasladado al pequeño piso gracias a West Internacional, cuando su salario se duplicó, y nunca se había arrepentido. Antes había vivido con sus padres, ahorrando para la boda.

Adoraba su piso. Tardaba quince minutos en ir a la oficina andando, si no quería conducir, y su jefe, Alan Goode, era fantástico. Tenía muchas amistades y una vida social bastante activa. Un par de amigas se habían casado hacía poco, pero seguía teniendo muchas amigas solteras y dispuestas a pasarlo bien. Se sentía satisfecha.

Salió al vestíbulo de la casa victoriana, que tenía un piso en cada una de sus tres plantas.

No era feliz, pero tras el trauma del abandono de David había creído que no volvería a tener paz mental; sentirse satisfecha ya era mucho.

Según su madre, cualquiera que no estuviera casado o en una relación seria a los veinticinco años, era anormal. Pero ella no volvería a intentar ser «normal». No más errores como el de Peter.

Kim caminó hacia su Mini, aparcado en la calle. Ser autónoma tenía sus beneficios. Podía decidir qué hacer, cuándo y con quién. No más tardes de sábado bajo la lluvia, viendo un partido de fútbol que no le interesaba. Con David, muchos sábados habían sido así. Ya no tenía que sacrificarse por él ni permitir que le estropeara un buen día solo porque estaba de mal humor.

Subió al coche y se preguntó por qué estaba pensando tanto en David. Últimamente pasaba semanas sin recordarlo, y si lo hacía, era para dar gracias por haberse librado de él. El hombre que había creído que era David no la habría tratado con tanta crueldad. Las semanas y meses tras su abandono había comprendido que no lo conocía en absoluto. Eso había sido humillante pero le había enseñado una valiosa lección: nadie sabía lo que pensaba o sentía realmente otra persona, por transparente que pareciera.

Cuadró los hombros, alzó la barbilla y arrancó el motor. Era hora de conducir a la estación de tren y viajar a la ciudad. Haría lo que pudiera en la entrevista y dejaría atrás el triste episodio.

Al menos le habían ofrecido una entrevista. Sonrió. Según una de las chicas, Kate se había puesto verde de envidia al enterarse, ella no la había conseguido. Eso le había alegrado el día.

Una hora y media después, estaba en el despacho de la secretaria de Blaise West, una joven atractiva y muy embarazada. Había llegado pronto, justo cuando otra candidata iba a entrar al despacho del jefe. Era una mujer alta, delgada y muy bien vestida, con una sonrisa deslumbrante que había dedicado solo a la secretaria del señor West. Había mirado a Kim de arriba abajo como si tuviera claro que no necesitaba preocuparse por la competencia.

Kim estaba de acuerdo y, sorprendentemente, eso calmó sus nervios. Debía de ser la perdedora del grupo y, si lo que decían sobre Blaise West era cierto, él se daría cuenta en cuanto la viera. Esperaba una entrevista muy breve.

El edificio de oficinas era un cúmulo de alfombras mullidas y ascensores de cristal, como correspondía a un empresario de la altura de Blaise West. Por lo visto, Blaise West había diversificado sus actividades tras ganar su primer millón en el sector inmobiliario, cuando aún era casi imberbe. Su otro negocio, la fabricación y distribución de mobiliario para casas y comercios, tenía gran renombre en todo el mundo occidental.

Kim nunca había visto una foto de él, pero sabía qué esperar gracias a los cotilleos de empresa. Rondaba los cuarenta años, era pura energía y tenía reputación de ser despiadado y fríamente tenaz. Casado y divorciado. Una hija. Innumerables novias.

Atractivo, según se decía, pero muchas mujeres considerarían su poder y su riqueza un atractivo, independientemente de su aspecto físico.

Siguió pensando mientras simulaba hojear una de las revistas que había en la mesita. La secretaria le había preguntado si quería un café y lo había pedido por teléfono. Eso había impresionado a Kim. Por lo visto la secretaria personal de Blaise West no se ocupaba de tareas tan mundanas.

La asombró aún más que instantes después llegara una bandeja con una taza de porcelana y un plato de pastas. Eso dejaba a las máquinas de té y café de la sucursal de Surrey, con sus vasos de plástico, a la altura del betún.

No había tomado más de dos sorbos de café cuando la mujer de la sonrisa eléctrica salió del despacho. Kim tuvo la impresión de que la entrevista no había ido muy bien. La dama no se detuvo a charlar con la secretaria del señor West y se marchó roja y con la cabeza alta.

Un momento después, zumbó el intercomunicador del escritorio.

—¿Pat? —era un voz grave con un deje de irritación—. Creí que dijiste que habías escogido a las mejores candidatas. Si lo que he visto por ahora es lo mejor, odio pensar cómo serían las demás. Espero que haya al menos una que no sea tonta del todo.

Kim vio que la mujer le echaba un vistazo antes de pulsar una tecla y murmurar «muy cualificada» en el auricular que había levantado. Ya no podía oír lo que contestaban al otro lado, y la secretaria hablaba tan bajo que Kim tuvo que aguzar el oído.

—Una esta mañana y una esta tarde; acordamos

que vería a seis, ¿recuerda? Y la señorita Abbot ya está aquí –hizo una pausa–. Sí, lo haré. Y he organizado la conferencia con la gente de McBain para el lunes que viene, eso dará al equipo de ventas tiempo para preparar su presentación. ¿Recuerda que su cita para el almuerzo es a la una? –la mujer colgó y miró a Kim–. El señor West la verá ahora, señorita Abbot.

–Gracias –Kim se puso en pie y le sonrió–. Intentaré restaurar su fe en el género femenino –dijo. No tenía sentido simular no haber oído nada.

–Ayer entrevistó a dos hombres y no les fue mejor –la secretaria hizo una mueca irónica–. El señor West puede ser difícil de complacer.

Kim pensó que parecía imposible de complacer, pero no lo dijo. Esperó a que la mujer llamara a la puerta, abriera y le cediera el paso.

–La señorita Abbot, señor West –anunció.

Kim entró y percibió varias cosas a la vez. Era una habitación grande, luminosa y aireada. El ventanal que ocupaba una pared entera ofrecía una increíble vista de la ciudad. El mobiliario era exquisito. Y no se oía nada de ruido. La luz que entraba por el ventanal convertía al hombre sentado al escritorio en una silueta, poniendo a cualquier visitante en clara desventaja. Algo que, sin duda, Blaise West sabía bien.

–Buenos días, señorita Abbot. Por favor, siéntese –se levantó y se inclinó para estrecharle la mano antes de indicar la silla que había ante el escritorio, en ángulo.

Kim agradeció la oferta. Si el despacho era imponente, el hombre lo era aún más. De rasgos duros y curtidos, no era exactamente guapo. Pero el espeso cabello negro, cano en las sienes, y los brillantes ojos azules daban una impresión viril y vibrante. Su elegante traje y camisa gritaban alta costura, pero era cómo quedaban en ese enorme cuerpo lo que la electrificó. Eso y su estatura. Solía estar a la altura de los ojos dse la mayoría de los hombres, o por encima; el que Blaise West le sacara al menos quince centímetros le sorprendió, junto con su agresiva masculinidad. No encajaba en un despacho; tendría que estar escalando montañas o luchando con cocodrilos en una tierra salvaje y remota. Algo extremo.

—Así que quiere venir a trabajar para mí, señorita Abbot —dio él sin más preliminares—. ¿Por qué?

Por primera vez en su vida, Kim creyó saber lo que experimentaba un conejo cuando lo deslumbraban los faros de un coche. Lo miró ciegamente, sabiendo que tenía que decir algo si no quería confirmar que era una tonta más.

Se recompuso con esfuerzo y se obligó a contestar la pregunta que había esperado que le hicieran en algún momento de la entrevista.

—Como decía en mi carta, llevó dos años en la sucursal de Surrey, y creo que eso me ha dado la base para entender por qué West Internacional es una empresa de éxito. Me gusta mi trabajo allí, pero creo que es hora de asumir un nuevo reto.

Él calló un instante. Kim sintió el deseo de seguir hablando, pero se contuvo. Dijera lo que dijera no le ofrecerían el puesto, lo sabía, pero quería superar la entrevista sin quedar como una idiota. Así que esperó.

–Respuesta de libro de texto –no sonó a halago–. Y dicha de forma muy similar al resto de los candidatos.

–Lo siento –Kim decidió que Blaise West no le gustaba.

–No lo sienta, diga algo original.

Ella pensó que no le gustaría lo que se le había ocurrido, por original que fuera. Se recordó que necesitaba mantener su empleo en Surrey y que él controlaba todas las sucursales.

–Me gustaría tener más responsabilidad y la oportunidad de viajar de vez en cuando, como creo que requiere este puesto.

–¿Le sorprendería saber que todos los demás también han dicho eso?

–No, la verdad es que no –no le gustaba nada ese hombre.

–Oh, ¿y eso por qué?

–Porque si trata a las personas como a idiotas, en general se comportarán como si lo fueran –dijo. Se arrepintió de inmediato, no tanto por ella, sino porque podía haber metido a su secretaria en problemas. Y nadie contestaba así a Blaise West; su rostro lo dejó claro. Esperó la explosión.

–Ah… –se inclinó hacia delante y la escrutó con sus ojos de color azul vívido–. Lo ha oído.

Ella asintió, decidiendo que no iba pedir disculpas. Si la despedían en Surrey tendría que aguantarse. Sobreviviría.

–Le pido disculpas. Supongo que no fue el mejor inicio para una entrevista de trabajo.

La disculpa fue tan inesperada que Kim parpadeó con sorpresa. Carraspeó.

–No importa, señor West. Igual que el resto, es obvio que no soy lo que busca. Gracias por su tiempo –se puso en pie.

–¿Adónde cree que va? –estrechó los ojos.

–He supuesto que la entrevista había terminado –dijo ella con las mejillas rojas.

–Ha supuesto mal. Ni siquiera hemos empezado –escrutó su rostro mientras ella se sentaba de nuevo. Kim no se había sentido tan incómoda nunca–. Veamos… voy a repetirle esa pregunta y ahora querría una respuesta sincera. ¿Por qué quiere trabajar para mí, señorita Abbot?

–Antes he dicho la verdad –dijo ella, tensa. Él enarcó las cejas–. Pero tal vez no toda.

–¿Entonces?

A Kim le pareció ver que torcía la boca, firme y sensual, situada sobre una barbilla con hoyuelo.

Su tono suave y sedoso no la engañó. Pretendía reírse de ella. Podría haberse inventado mil razones más aceptables que la verdad, pero pensó que él lo notaría. Se irguió con orgullo.

–Como he dicho, creo que ya no puedo aspirar a mucho más en la sucursal de Surrey, pero seguramente no habría solicitado este puesto si no hubiera oído cierto comentario –titubeó–. Eso me llevó a querer demostrarme algo a mí misma, supongo.

–¿Qué oyó? –sus ojos azules la taladraron.

–Era personal. Digamos que se refería a mí y no era halagador.

–¿Tenía que ver con su trabajo?

–No, mi trabajo siempre ha sido satisfactorio, estoy segura de que el señor Goode lo confirmará.

–Ya lo ha hecho, o no estaría aquí –dijo él,

seco–. Entonces, señorita Abbot... ¿pretende hacerme perder el tiempo?

–¿Qué? –volvió a sonrojarse.

–¿Aceptaría este puesto si se lo ofreciera?

Unos minutos antes, la respuesta habría sido que no. Ya no estaba segura. Trabajar para alguien como Blaise West sería enervante y agotador, pero tampoco quería estancarse en Surrey durante diez o veinte años. Y era lo que había estado haciendo. Tenía cierta independencia pero seguía estando cerca de su familia y sus amistades. Su puesto ya no suponía ningún reto y cada semana era igual a la anterior. Eso había estado bien al principio, después de su ruptura con David. Había estado bien hasta que entró en esa habitación, de hecho.

–Sí, señor West –afirmó–. Consideraría seriamente el puesto si me lo ofreciera.

–Bien –miró los papeles que tenía sobre la mesa–. Entonces sigamos con la entrevista.

Capítulo 2

PARA cuando llegó a casa, a media mañana, Kim se sentía como un trapo. La entrevista había durado más de una hora y había sido extenuante. Era la única palabra adecuada. Había salido del despacho casi tambaleándose y debía de ser muy obvio porque la secretaria le había dicho que ya había empezado el turno del almuerzo en la cafetería de la empresa y que la comida era buena.

Era verdad, y el pollo asado con guarnición y dos tazas de café la habían reanimado lo bastante como para emprender el viaje de vuelta. Había comido despacio, mientras intentaba sacar sentido a la confusión de recuerdos de la última hora.

La conclusión final fue que estaba loca. Loca por creer que Blaise West podría ofrecerle el puesto. Loca por creer que podría desempeñarlo si lo hacía, estaba muy por encima de su experiencia. Sentía pinchazos de pánico.

Él había terminado la reunión afirmando que se decidiría en las siguientes veinticuatro horas, tras concluir todas las entrevistas. Para entonces ella había estado tan alterada que no tenía ni idea de cómo lo había hecho. Había estado allí mucho más tiempo que la señorita sonrisa eléctrica, pero sabía que esa tarde él tenía que ver a otra persona.

Cuando salió de West Internacional, el sol de la mañana había dado paso a un cielo gris que prometía lluvia. El tren de vuelta había llegado con retraso y había viajado rodeada de cientos de pasajeros irritados. Encima, un fallo técnico los había tenido parados un buen rato.

Se le saltaron las lágrimas cuando llegó a la estación y vio a su fiel Mini en el aparcamiento. Eso le confirmó que estaba agotada.

Kim entró en su piso, dejó caer el bolso al suelo, y se hundió en el sofá. Toda la excitación y glamur del mundo de Blaise West se había esfumado. Una hora de viaje se había transformado en tres; eso le recordó algo que él había señalado en la entrevista.

—Estoy seguro de que es consciente de lo que implica trabajar como mi secretaria personal, pero lo especificaré de todas formas. Necesito a alguien que disfrute trabajando duro y utilizando su propia iniciativa, señorita Abbot. Delegará el trabajo rutinario a otras personas, pero se ocupará de temas importantes o confidenciales. Eso supone redactar cartas, informes y memorandos, recoger información para mí, tomar actas, recibir y entretener a contactos de negocios, organizar reuniones y conferencias, discutir con otras secretarias y clientes e, incluso, supervisar a otros miembros del personal. Espero lealtad total, así como discreción. Es esencial que pueda adaptarse a las exigencias del puesto. Eso implicará trabajar hasta muy tarde y madrugar cuando sea necesario. ¿Supondrá un problema?

Ella recordó que había negado con la cabeza, sintiéndose desbordada. Él había seguido.

—No espero que mi secretaria acepte cuanto

digo. Pero si está en desacuerdo conmigo, me lo comunicará en privado. ¿Está claro?

Ella había vuelto a asentir, aún más atónita.

Kim miró su sala. Antes de instalarse había decorado el piso de arriba abajo, a su gusto. Había utilizado sus ahorros en una moqueta de lujo, sofás de cuero de color crema y unos visillos carísimos. Cocina y baño nuevos, junto con un dormitorio muy femenino, en suaves tonos rosados, cremas y malvas que clamaba a gritos que allí no vivía ningún hombre, habían completado la extravagancia. Y lo adoraba todo. Se preguntó si podría seguir viviendo allí si Blaise West le ofrecía el trabajo. A juzgar por el viaje de vuelta a casa…

Controló sus pensamientos; siempre que estaba cansada se ponía negativa. El viaje de ida a Londres había ido como la seda; el de vuelta era atribuible a la mala suerte. Además, ni siquiera sabía si iban a ofrecerle el puesto. Tenía que haber gente más cualificada y con más experiencia.

Fue a la cocina y se hizo una infusión. Ya se enfrentaría al problema si llegaba.

Se acostó temprano pero durmió mal, a pesar de su agotamiento. A las seis de la mañana se rindió. Hizo un café y lo bebió acurrucada en uno de los sofás de la sala. Había abierto las ventanas y el sol veraniego y el canto de los pájaros llenaban la habitación.

Era agradable y acogedor, pero ya no le parecía suficiente. Kim se enderezó, sorprendida. Algo había cambiado el día anterior. No sabía qué ni cómo, pero la entrevista con Blaise West había sacado a la luz cosas que llevaba tiempo evitando.

Solo tenía veinticinco años, cumpliría los veintiséis en octubre, y quería hacer algo con su vida. Había pasado dos años lamiéndose las heridas, y eso estaba bien, pero no quería seguir así. Conseguir la entrevista había restaurado parte de su antigua confianza en sí misma, perdida cuando David la abandonó. Ya que el tema del matrimonio, los niños y los rosales en el jardín no entraban en su agenda, podía concentrarse en algo a lo que no había dado importancia: su trayectoria profesional.

No era el camino que ella habría elegido, pero tendría compensaciones. Ampliaría horizontes, viajaría, conocería a gente nueva.

«Como Blaise West, ¿no?», se preguntó a sí misma.

–No seas ridícula –negó en voz alta. No había estado pensando en él específicamente.

Sin embargo, era el hombre más fascinante que había conocido en su vida. Esa vez no se molestó en negarlo; no podía. Era la verdad. Fue a la cocina por una segunda taza de café.

Volvió a acomodarse en el sofá. Blaise West era especial, pero ella no era la única que lo pensaba. Antes de ir a la entrevista había sido consciente de su reputación y de su historia. Era uno de esos hombres que parecían rodeados de un campo magnético que atraía a la gente irresistiblemente, les gustara él o no.

Se preguntó si a ella le gustaba, pero no supo contestar. Sin duda sería interesante trabajar para él, si sobrevivía al primer día. Dudaba que le ofreciera la posibilidad, pero eso no importaba. Las últimas veinticuatro horas le habían demostrado que tenía que iniciar una nueva etapa en su vida. Ella sería quien realizara los cambios.

Inhaló el aroma del café y dejó que su mente buceara en el pasado. Había sido ingenua cuando conoció a David. Le había entusiasmado que alguien tan guapo, seguro y popular la eligiera. Su infancia había sido feliz, pero su adolescencia había estado marcada por su altura. O más bien por lo sensibilizada que estaba al respecto. En los bailes los chicos la evitaban porque les sacaba la cabeza. Alguien le puso el apodo de «larguirucha» a los trece años y duró mucho tiempo, incluso después de desarrollar las curvas adecuadas.

A los dieciocho, había conocido a David Stewart. Medía un metro ochenta y siete y era rubio y guapo. Un adonis. Salieron juntos en la universidad y él le pidió matrimonio el día de su graduación. Se había sentido feliz. Decidieron que él seguiría estudiando Derecho, para ocuparse del bufete que heredaría de su padre en el futuro, y ella buscaría un trabajo de nueve a cinco que le permitiera verlo siempre que él tuviera tiempo libre. Doce meses después, él aprobó sus exámenes y se unió al bufete de su padre. Entonces, fijaron la fecha de la boda.

Todos los fines de semana ella viajaba de Surrey a Oxford, donde David vivía en la mansión de siete dormitorios de su familia, con piscina y pista de tenis. Sus padres y su hermana menor la adoraban y el sentimiento era mutuo. Seis semanas antes de la boda, él había aparecido en su puerta y la había llevado a cenar para «hablar».

Kim había adivinado que algo iba mal, pero

nada podría haberla preparado para lo que oyó. Él había confesado que había otra persona a quien hacía poco tiempo que conocía, pero que era el amor de su vida. Le había dicho que ni ella ni su familia conocían a Francis.

«¿Ella se llama Frances? ¿Dónde la has conocido?», recordaba haber tartamudeado Kim.

La había mirado fijamente y le había dicho que no era «ella», sino «él». Francis con «i». Lo había conocido en uno de los bares que ambos frecuentaban. Se había creído capaz de pasar por el matrimonio y los niños para hacer feliz a su familia, pero no podía. Le aseguró que ella le gustaba, que incluso la quería, pero no «así».

Kim se había quedado muda. Había salido del bar para llamar a un taxi. Podría haber mantenido la calma y la dignidad si él no la hubiera seguido para intentar justificar las mentiras y engaños de cuatro años y medio. Ella le había gritado e insultado, después le había dado una patada a su coche deportivo, tan fuerte que abolló la puerta. Por suerte el taxi llegó en ese momento.

Las semanas siguientes habían sido las peores de su vida. Las familias de ambos estaban devastadas, las damas de honor odiaban no poder lucir sus carísimos vestidos y hubo que devolver los regalos de boda, cancelar la recepción y toda la parafernalia asociada a una gran boda.

Había hablado con David varias veces. Aunque estaba muy dolida, sentía alivio e incluso júbilo de que todo hubiera salido a la luz. David, por supuesto, tenía a su Francis y se habían instalado juntos en el piso que tendría que haber compartido con ella.

Había confesado haberla engañado antes, con aventurillas sin importancia.

A Kim le costaba creer que el hombre con el que había esperado vivir el resto de su vida no existiera. Ella había sido fiel durante cuatro años.

De pronto muchas cosas empezaron a encajar, sobre todo el que David nunca hubiera intentado acostarse con ella. Había hablado de honor y de respetar a la futura esposa y madre de sus hijos, y ella lo había creído. Lo había admirado por eso.

La sensación de rechazo y traición, unidas a su humillación, le hicieron perder ocho kilos en pocas semanas. Ella lo habría seguido al fin del mundo, lo amaba, pero todo había estado basado en una mentira. La aterrorizaba no haberlo intuido, no haber notado que algo iba mal.

La larguirucha de la adolescencia alzó la cabeza de nuevo. Cada vez que se miraba en el espejo odiaba lo que veía. Se sentía menos que nada. Pero con la ayuda de familia y amigos, volvió a comer, a dormir y a recuperarse. Sabía que ya no era la misma y eso la entristecía. Echaba de menos a la chica feliz y confiada que había sido. Había aprendido la lección: no volvería a amar a nadie como había amado a David.

Kim volvió a la realidad y se dio cuenta de que el café estaba frío. Fue a la cocina, vació la taza en el fregadero y miró por la ventana.

Iba a hacer un día precioso. Y la vida era para vivirla. Su periodo de duelo había finalizado. Era hora de emprender el vuelo.

Capítulo 3

KIM tenía tal exceso de adrenalina que trabajó a un ritmo acelerado. A las cinco, su escritorio estaba limpio, a pesar de las cosas que se habían acumulado el día anterior.

Su jefe, que esa mañana le había preguntado qué tal le había ido, salió al aparcamiento con ella.

—Me sorprendería que no consiguieras el puesto, Kim —dijo—. Blaise West tiene reputación de reconocer un diamante cuando lo ve.

—Gracias —le sonrió. Alan Goode era un hombre tradicional que adoraba a su esposa y a sus tres hijos; siempre habían tenido una excelente relación de trabajo—. Pero no viste a la competencia. En cualquier caso, no me preocupa.

No era del todo cierto, pero preferiría andar descalza sobre ascuas a admitirlo. Sabía que Kate y su pandilla esperaban noticias con avidez.

—Puede que eso juegue a tu favor —dijo Alan, pensativo—. Solo he visto a Blaise una o dos veces, las suficientes para saber que es un hombre que sigue sus propias reglas. Nunca se ha conformado ni busca la conformidad en otros. Es… un individuo extraordinario, ¿no crees?

—Oh, sí.

Se sonrieron, unidos por lo que ambos sabían pero habían dejado sin decir.

–Pero le salió mal con su esposa, exesposa –dijo Alan–. Ella era un espíritu libre en todos los sentidos: cualquier hombre, a cualquier hora, según dicen. Se quedó con su hija tras el divorcio, pero un año después murió en un accidente de coche. La niña viajaba con ella.

–Eso es terrible –exclamó.

–Por lo que recuerdo la niña no sufrió lesiones graves y el accidente permitió a Blaise recuperar a su hija –se encogió de hombros–. Dudo que derramase muchas lágrimas.

–¿Cuándo ocurrió eso?

–¿El accidente? Hace unos cuatro años, tal vez cinco. La niña tiene unos diez años ahora.

Kim asintió. Recordó el rostro duro y curtido del hombre al que había conocido el día anterior. Un rostro marcado por la vida, pero que no revelaba nada del hombre que había tras la máscara. Sintió un pinchazo de compasión, aunque era la última emoción que buscaría o desearía Blaise West. Sin saber por qué, le pareció desleal estar hablando de él.

–Buenas noches, Alan –dijo–. Dale recuerdos a Janice de mi parte.

–Lo haré.

Una vez en el coche, de camino a casa, Kim rememoró una y otra vez la conversación. Seguía pensando en Blaise cuando entró en el piso. Fue al cuarto de baño y empezó a prepararse un baño de burbujas. Necesitaba relajarse. Sentía músculos que no había sentido desde que era capitana del equipo de voleibol femenino del instituto. No había notado cuánto se había tensado cada vez que sonaba el teléfono hasta que salió de la oficina. Movió la cabeza; era una tonta por haber pensado que tenía posibilidades.

Entonces sonó el teléfono.

Aunque se dijo que tenía que ser su madre, o una de sus amigas, el corazón le golpeteaba en el pecho cuando contestó.

–Hola –dijo con voz cauta.

–¿Señorita Abbot?

–¿Sí? –habría reconocido esa voz grave en cualquier sitio. Su corazón se desbocó.

–Soy Blaise West. Me gustaría ofrecerle el puesto de secretaria personal si aún sigue interesada tras la intensiva entrevista de ayer.

–¿De veras? –Kim se dijo que la chica de sonrisa eléctrica no habría contestado así. Tenía que ser más profesional–. Gracias, señor West. Acepto encantada.

–Bien. Me pondré en contacto con el señor Goode mañana.

Ella supo que había captado el asombro en su voz y que le había hecho gracia. Tragó saliva y se sentó antes de volver a hablar.

–¿Cuándo quiere que empiece?

–Tiene que dar un mes de preaviso, ¿no?

–Sí.

–Bien, estoy seguro de que el señor Goode no lo exigirá. Me gustaría que trabajara algún tiempo con Pat antes de que nos deje; como espera gemelos, puede que se le adelante.

Por eso su secretaria estaba tan enorme. Kim ya

había pensado que habían retrasado demasiado la búsqueda de sustituta. Él pareció adivinarlo.

—Nos ha pillado por sorpresa —aclaró él—. Solo hace unas semanas que confirmaron que eran gemelos y, por lo visto, grandes. Tengo la impresión de verla hincharse día a día.

—Entiendo —Kim sonrió. Él no había podido ocultar la irritación que había supuesto en su ordenada vida ese hecho imprevisto.

—El médico le ha dicho que tendrá que descansar más de lo habitual, y su esposo quiere que deje de trabajar en un mes o así. Eso no le da mucho tiempo para explicarle cómo va todo.

En otras palabras, él no iba a molestarse en hacerlo, ni iba a soportar inconveniencias. Tenía lógica. Al fin y al cabo, era el dueño de la empresa. Pero iba a dejar al pobre Alan en la estacada.

—Si pudiera dedicar unos días a enseñarle a una secretaria temporal lo necesario… —sugirió.

—Mañana es viernes. Me gustaría verla en la oficina el lunes y se lo dejaré claro al señor Goode. Estoy seguro de que le parecerá muy bien.

Kim no lo creía en absoluto, pero dado que él también pagaba el salario de Alan…

—El lunes por la mañana entonces —aceptó cortés, preguntándose en qué se había metido. Sabía que el personal de la oficina principal entraba a las nueve y media, pero Blaise West esperaba que su secretaria estuviera allí una hora antes. Iba a tener que levantarse al alba para viajar a la ciudad, pero eso era inevitable.

—Excelente —siguió una breve pausa—. Por cierto, no me van las formalidades. Nos llamaremos Blaise y Kim a no ser que haya clientes u otros empleados delante.

Ella no se sentía capaz de llamarlo Blaise.

–Las personas que te llevaron a solicitar el puesto… supongo que oirán la buena nueva mañana, ¿no? –preguntó él.

–¿Qué? Oh, sí –afirmó, sorprendida de que lo hubiera recordado.

–Pues saborea el momento, Kim –aconsejó él–. No habrá demasiados de esos en la vida, por eso son mucho más dulces. Buenas noches.

–Buenas noches, señor West –murmuró ella, cuando él ya colgaba.

Al día siguiente recordó las palabras de Blaise. Llegó a la oficina al mismo tiempo que Kate y una de sus amigas, y entraron juntas al ascensor. Saludó con la cabeza y no dijo nada.

–No lo conseguirás, ¿sabes? –dijo la chica que iba con Kate, tras mirar a su líder.

–¿Disculpa? ¿Me hablabas a mí? –preguntó Kim serena, aunque la había oído perfectamente.

–El puesto de secretaria personal de Blaise West. No tienes ninguna posibilidad. Kate conoce a alguien de la oficina principal y le ha dicho que el resto de las candidatas estaban muy cualificadas. En mi opinión, tuviste suerte de conseguir la entrevista.

–No fue suerte –Kim sonrió con dulzura–. Pero gracias por tu interés.

–No, bueno, no quería que te hicieras demasiadas esperanzas –musitó. Era obvio que la actitud de Kim la había desinflado.

–Yo, la verdad, preferiría evitar la humillación de una entrevista sin estar a la altura para el puesto –dijo Kate con frialdad.

–Entonces, es una suerte que no te la ofrecieran cuando la solicitaste, ¿no crees? –el corazón de Kim golpeaba como un martillo. Se abrieron las puertas del ascensor y se volvió hacia la colega de Kate–. No hace falta que te preocupes por mí –le dijo con dulzura–. El señor West me llamó anoche y me ofreció el puesto, así que bien está lo que bien acaba.

Salió del ascensor sabiendo que recordaría sus expresiones el resto de su vida. Blaise West tenía razón. Esa clase de momentos eran muy dulces.

Kim tuvo que recordárselo muchas veces ese fin de semana, mientras oscilaba entre momentos de euforia y puro pánico. Se decía, cada hora, que ella no había exagerado nada. Blaise West sabía a quién había contratado. Ella no estaba muy cualificada, solo tenía una licenciatura en Empresariales y algunos años de experiencia. Había sido sincera y directa, hasta el punto de decir que había estudiado Empresariales en la universidad porque no sabía qué quería hacer con su vida y parecía una opción segura.

–¿Una opción segura? –había farfullado él–. No da la impresión de conformarse con lo seguro.

–Eso fue hace siete años –había contestado ella tras pensarlo un momento.

–Ah… –solo una sílaba que dio la impresión de que entendía más de lo que ella habría deseado.

El domingo había dado la noticia a sus padres, en la comida.

—Eso está bien, querida, pero no dejes que el trabajo se convierta en el principio y fin de todo —había dicho su madre con cauto entusiasmo. Kim sabía exactamente lo que quería decir: «Estuviste muy cerca de ser una mujer normal, con marido y familia; no dejes eso de lado».

Su padre, en cambio, había sido fantástico.

—Bien hecho, cariño. Sabía que lo conseguirías y será el principio de algo muy bueno, no lo dudes. Lo siento en los huesos...

Tuviera o no razón su padre, el domingo por la noche, con un montón de ropa sobre la cama y sin saber qué ponerse al día siguiente, se hartó. No habría más pánico, ni más análisis, ni más pensar.

Guardó la ropa y se acostó. Por la mañana se pondría lo primero que encontrase. Se había librado de Kate Campion y su antipática cuadrilla, la vida solo podía mejorar.

Se recordó ese pensamiento a las ocho y media de la mañana siguiente, en la oficina de Pat, mientras ella le explicaba parte de las tareas que tendría que desempeñar antes de que llegase el resto del personal.

Blaise ya estaba en su despacho. Pat admitió que no sabía a qué hora llegaba; en cinco años como secretaria suya nunca había llegado antes que él. Aventuró que era un adicto al trabajo pero que nunca exigía a ningún empleado más de lo que estaba dispuesto a dar él mismo.

Kim pensó que eso era muy loable, pero en absoluto reconfortante.

A las nueve menos veinte se abrió la puerta y apareció Blaise. Para entonces Kim estaba enferma de los nervios. Su sensación de no estar a la altura empeoró al ver al hombre moreno apoyado en el umbral. Parecía más duro y grande de lo que recordaba. Y también más atractivo. Llevaba una camisa azul del mismo color que sus ojos, la corbata suelta y dos o tres botones de la camisa desabrochados, mostrando el inicio de un vello oscuro.

—Hola —dijo él, amistoso, tras mirarla de arriba abajo—. ¿Ha sido bueno el viaje esta mañana?

—Muy bueno, gracias.

—Esperemos que siga así. Creo recordar que Pat pensó que podría venir a diario desde no se dónde, pero seis meses después estaba viviendo en la ciudad. ¿Verdad, Pat?

—Y un mes después conocí a John —Pat embarazada y satisfecha, sonrió con serenidad—. Nos casamos a los cuatro meses.

—Un noviazgo rapidísimo, lo recuerdo —clavó en Kim sus agudos ojos azules—. No se repetirá esa historia, ¿verdad?

Kim a veces tenía destellos del ingenio de su padre. Lo miró con seriedad.

—Lo dudo; estoy segura de que John es muy feliz con Pat.

Blaise la miró un momento y luego echó la cabeza hacia atrás y se rio.

—Lo harás bien —sonriendo, volvió al despacho.

Kim se alegró de eso. Ese leve atisbo del hombre que había tras el magnate había hecho que se le doblaran las rodillas. Se dijo, horrorizada, que era maravilloso. Pero no podía enamorarse de su jefe, y menos el primer día. Pat debió de intuir lo que le estaba pasando por la cabeza.

—No es fácil trabajar para él, pero no me habría perdido ni un minuto y creo que a ti te ocurrirá igual. Es el hombre más carismático que he conocido y tiene un sinfín de novias que cambian con un soplo. A la menor señal de dependencia son historia: es de esos que ama y olvida. Cuando empecé a trabajar aquí, me creí enamorada de él un tiempo, pero pronto comprendí que era cien veces mejor trabajar para él que salir con él. La única fémina que tiene acceso al corazón de Blaise es su hija, la adora. Bueno, volvamos al sistema de archivo. Como decía…

El resto del día pasó volando. Al final, Kim fue al tren casi a rastras. Tras un baño caliente y una ensalada de fiambre, se acostó temprano y durmió hasta que sonó el despertador. Los cuatro días siguientes fueron una repetición del primero y, cuando llegó el fin de semana, dio gracias al cielo.

Pasó la mayor parte del sábado y el domingo durmiendo y el lunes volvió a trabajar descansada y lista para el reto. Le fue algo mejor la segunda semana, la tercera entendía el funcionamiento de casi todo y la cuarta supo que había mejorado mucho y se las apañaba bien. Seguía sintiéndose exhausta casi todas las tardes, pero según Pat eso era inevitable.

Fue una suerte que se hubiera adaptado rápidamente, porque al final de la cuarta semana Pat empezó a sentirse mal. Veinticuatro horas después temió perder a los bebés. No ocurrió, pero el susto acabó en hospitalización y tendría que pasar tumbada el resto del embarazo.

Cuando Kim fue a visitarla, con un ramo de flores y novelas, encontró a Pat en una habitación privada que no se parecía en nada a las demás.

–Blaise insistió en pagar la factura cuando descubrimos que el seguro privado de la empresa no cubría un par de cosas –le confió Pat a Kim, tras darle las gracias por las flores y los libros–. Trajo a uno de los mejores médicos del país para que me examinara y luego hizo que me trasladaran aquí.

–Eso ha sido muy generoso por su parte.

–Desde luego ha tranquilizado a John –asintió Pat–. Opina que Blaise es un semidiós. Odio pensar cuánto costará todo esto hasta que nazcan los gemelos, pero Blaise insiste en que da igual.

–Sabes que Blaise no haría nada que no quisiera hacer –Kim sonrió a la mujer de la que se había encariñado en el último mes. Pat se había esforzado mucho para ayudarla a adaptarse, solucionando innumerables dificultades y siendo generosa con su tiempo y sus consejos–. Ahora dedícate a relajarte y a disfrutar de que te traten como a una reina. Estarás muy ocupada cuando lleguen los bebés.

–Ya me muero de aburrimiento –Pat arrugó la nariz–. Quiero que me prometas que llamarás si hay algo de lo que no estés segura.

–Claro que lo haré –mintió Kim. No tenía ninguna intención de preocupar a Pat con asuntos de oficina cuando necesitaba reposo total y evitar todo estrés y ansiedad–. Pero todo irá bien. Has sido fantástica estas semanas y las notas que me has dejado lo cubren todo, de la A a la Z.

Pat se había puesto enferma el jueves por la noche y ya era domingo. Blaise se había ocupado de contactar con el médico y de organizar el cuidado hospitalario de Pat él mismo, así que Kim apenas lo había visto el viernes. El día siguiente sería el primero que estaría a solas con él en su papel de secretaria personal y se sentía ridículamente nerviosa. Ya conocía a Blaise lo suficiente para saber que tenía que ocultarle cualquier tensión que sintiera. Él valoraba, por encima de todo, el autocontrol y la serenidad en cualquier situación.

Charló con Pat hasta que John llegó, quince minutos después. Entonces se despidió. Había descubierto que el hospital tenía aparcamiento y había conducido hasta Londres; ya había tenido tren más que de sobra a lo largo de la semana.

Iba a subir a su coche cuando oyó que la llamaban. Con el pulso acelerado, se dio la vuelta.

–Blaise, ¿qué estás haciendo aquí? –era una pregunta estúpida pero él no pareció darse cuenta. De hecho, por una vez parecía nervioso. Resultaba favorecedor: hacía que se pareciera más al resto de la raza humana.

Kim tuvo tiempo de comprobar que los vaqueros negros y la camisa gris oscuro que llevaba le quedaban aún mejor que los inmaculados trajes ejecutivos que lucía a diario.

–¿Te marchas ya? –preguntó él.

–Sí. ¿Por qué?

–Tengo un par de impresos que Pat tiene que firmar y, como la semana que viene va a ser muy ajetreada, decidí matar dos pájaros de un tiro: traerlos yo y de paso comprobar que la tratan bien. En el último minuto, Lucy se empeñó en venir conmigo, pero no le gustan los hospitales.

Kim asintió. Pat le había dicho que la hija de Blaise había pasado dos semanas en el hospital después del accidente en el que su madre había perdido la vida. También había insinuado que la niña era algo difícil.

—Insiste en que puede esperar en el coche, pero preferiría no dejarla sola.

Kim miró el rostro duro y atractivo. Su hija iba a cumplir diez años dos semanas después, edad más que suficiente para esperar a su padre en el coche, sin duda.

—Puedo quedarme con ella, si quieres.

—Gracias —Blaise, como era habitual en él, no dio rodeos ni preguntó si suponía una molestia para ella—. Ven a conocerla.

La condujo hacia su Ferrari. Era un coche negro, esbelto y poderoso, como una pantera. La niña que había sentada en el asiento del pasajero no podía haber encajado menos allí dentro. Parecía tener menos de diez años, siete como mucho, y era diminuta, frágil y rubia.

—Lucy, esta es mi nueva secretaria personal. Se llama Kim —dijo Blaise, abriendo la puerta e inclinándose hacia la niña, sonriente.

—Hola, Lucy. Me alegro de conocerte.

—Hola —dijo la niña con desgana, mirándola con unos enormes ojos azules. No sonrió.

—Entra y siéntate; solo tardaré unos minutos —Blaise agarró el brazo de Kim, la condujo al otro lado del coche y abrió la puerta del conductor. Ella no tuvo más opción que sentarse junto a Lucy, que la miraba con resentimiento–. Kim te hará compañía, Lucy –dijo Blaise. Después cerró.

–No soy un bebé, ¿sabes? –masculló Lucy sin darle tiempo a decir palabra.

–Lo sé. Vas a cumplir diez dentro de dos semanas, ¿no? –le dijo con ánimo–. ¿Vas a dar una fiesta?

–Así que no hace falta que te sientes conmigo, ¿vale? –siguió Lucy, ignorándola–. Puedes irte.

–Tu padre me pidió que esperase hasta que volviera –apuntó Kim, deseando poder largarse.

–Ya te he dicho que no hace falta.

–Aun así, he dicho que lo haría –contestó Kim tras inspirar profundamente.

–No quiero que te quedes.

–Lo siento, pero eso no es culpa mía.

–Este es mi coche, no el tuyo. Si quiero que te bajes, tienes que hacerlo.

Kim estaba segura de que eso no entraba en la descripción de su puesto de trabajo. Miró la carita airada, innegablemente bella, y habló con calma.

–¿Siempre eres tan grosera, Lucy?

Los ojos azules parpadearon con sorpresa. Por un momento, Kim pensó que la hija de Blaise iba a defenderse, pero la niña insistió en su postura.

–Quiero que te bajes ya.

–Muy bien. Esperaré junto al coche hasta que vuelva tu padre. ¿Satisfará eso tu deseo de demostrar que solo soy una empleada? –abrió la puerta–. Un día aprenderás que cuando se tienen montones de dinero y poder hay que tratar a la gente que está por debajo, que es menos afortunada, con consideración. Abusar de tu poder solo hace que parezcas una niña malcriada y petulante. Y eso es más que desagradable.

Salió del coche con tanta dignidad como pudo. Cerró con suavidad, precisamente porque deseaba dar un portazo, y se quedó junto al coche. No solo la escenita haría que Blaise pensara que ni siquiera era capaz de manejar a una niña de nueve años, además había insultado a su hija. A la niña de sus ojos. Una forma genial de empezar la semana.

No volvió a mirar dentro del coche hasta que vio a Blaise acercarse. Entonces miró a Lucy de reojo, tenía la vista al frente y el ceño fruncido.

–Toda tuya –le dijo a Blaise, echando a andar en cuanto se acercó. Podía quedársela para siempre.

–Gracias –contestó él, sorprendido–. Te veré mañana.

Ella pensó que tal vez recibiera una llamada esa noche diciéndole que no se molestara en ir. Pero él no haría eso con Pat en el hospital.

O tal vez sí.

Capítulo 4

KIM estuvo nerviosa toda la velada. No se arrepentía de lo que le había dicho a la hija de Blaise, de hecho se había quedado corta, pero que eso pudiera hacer peligrar su empleo le demostró cuánto deseaba trabajar para Blaise.

No había imaginado que el puesto pudiera ser tan fascinante. Había supuesto que ser la secretaria de un multimillonario no sería aburrido, pero Blaise no era el típico magnate de turno. Era impresionante en todos los sentidos, un personaje.

Había comprobado que era implacable, sensato y cínico, pero también contaba con un devastador encanto masculino que utilizaba cuando lo demás fallaba. Física y mentalmente era formidable. Sin embargo, tenía la sensación de que Blaise solo dejaba ver lo que él quería que la gente viera. Era un enigma y eso no le gustaba. Después de lo de David, tras aceptar que había estado a punto de casarse con una imagen que no tenía nada que ver con la realidad, evitaba a cualquiera que su instinto tachara de misterioso o enigmático.

Se reconfortaba diciéndose que solo trabajaba para Blaise. Y el puesto era de lujo.

Más tarde, cuando se relajaba en un baño de burbujas con una copa de vino y una vela perfumada con esencia de magnolia, comprendió que su inquietud no se debía solo al posible resultado de su enfrentamiento con la hija de Blaise, sino también a haberlo visto a él desde una perspectiva más humana. No podía aplicar el término vulnerable a su agresivo y dinámico jefe, pero sin duda había estado distinto.

Suspiró y tomó un sorbo de vino. Esa noche iba a mimarse: ponerse una mascarilla, pintarse las uñas de los pies y dormir para estar perfecta y descansada al día siguiente. Con Pat en el hospital, Blaise la necesitaba; no soportaba el desorden ni la confusión en la oficina. No pensaría más en él ni en su hija.

A la mañana siguiente, Kim entró en la oficina, perfecta para su papel. Su traje clásico, zapatos y aspecto inmaculado la declaraban competente y eficaz; nadie habría adivinado que un ejército de mariposas bailaba en su estómago.

Estaba llegando a su escritorio cuando se abrió la puerta de comunicación entre los despachos.

—Buenos días —como siempre, Blaise llevaba la corbata suelta y los botones del cuello de la camisa abiertos—. Gracias por ayudarme con Lucy ayer.

Ella lo miró con suspicacia. La voz grave y ronca no indicaba sarcasmo o ira, pero con Blaise nunca se sabía.

—De nada.

—Está pasando por una mala etapa y ayer no fue un buen día. Su abuela, la madre de mi exesposa, vino de visita y Lucy siempre está inquieta cuando se marcha.

En un mes, no le había oído decir nada personal, así que Kim no sabía cómo reaccionar, pero no podía permitir que él lo notara.

—Debe de ser difícil saber cómo manejar las cosas. Una amiga mía está en la misma situación. Dice que lo que más echa de menos desde el divorcio es poder comentar los problemas de sus hijos por la noche y obtener otra opinión —pensó que había dicho demasiado e intentó arreglarlo—. Por supuesto, cada caso y cada niño es distinto.

Él la miraba atentamente. Creyó que iba a hacer un comentario desdeñoso y volver a su despacho; sin embargo, asintió lentamente.

—Tiene fobia a los hospitales; desde el accidente, supongo. Normalmente, no se me habría ocurrido llevarla conmigo, pero insistió en acompañarme. Estaba disgustada y me pareció el menor de dos males —se encogió de hombros—. Está llegando a esa edad en la que necesita a una madre con quien hablar.

—¿No podría hablar con su abuela o con otro miembro de la familia?

—Si conocieras a la madre de mi exesposa, entenderías que eso es imposible. Y no hay nadie más —su tono indicó que ya había dicho de más; sus ojos se enfriaron—. ¿Podrías traerme el informe de Massey? Y necesitaré las notas sobre el contrato Brendan a las diez.

Kim asintió. El Blaise humano y real se había esfumado; volvían al trabajo. Cuando la puerta se cerró, pensó un momento. Por lo visto la niña no había repetido sus palabras, o eso parecía.

Fue al archivador, lo abrió y sacó la carpeta de

Massey. Llamó a la puerta y entró al despacho. Él estaba sentado ante el escritorio con la cabeza inclinada sobre unos documentos. No alzo la vista. Dejó la carpeta en una esquina del escritorio y volvió a su oficina.

Era su primer día sola como secretaria personal de Blaise. Deseó que fuera bien.

Y fue bien, en general. Hubo algunos problemillas y Kim, que seguía trabajando a las seis y media, se dio cuenta de hasta qué punto la había ayudado Pat. Solo quedaban Blaise y ella en la oficina. Por fin, a las siete, acabó un informe confidencial sobre una empresa que Blaise estaba pensando absorber en París, lo imprimió y se masajeó las sienes.

–¿Cansada?

La voz que llegó del umbral hizo que Kim diera un bote. Blaise la estaba observando con media sonrisa curvando su boca.

–Un poco –mintió, estaba agotada–. Pero he terminado el informe sobre Delbouis que querías.

–¿Intentas impresionarme? –enarcó una ceja oscura. Se trataba de un complicado documento de treinta páginas–. Si es así, lo has conseguido.

–En realidad, no –mintió de nuevo–. Solo hago mi trabajo.

Él extendió la mano y ella se acercó con el informe, descalza. Se había quitado los zapatos tras quedarse sola. Como siempre que estaba cerca de él, tuvo la agradable sensación de sentirse femenina y frágil. No se consideraba ninguna de esas dos cosas, excepto al lado de ese altísimo y musculoso cuerpo.

–Gracias.

Le echó un vistazo mientras ella recogía el escritorio y apagaba el ordenador.

–Me lo llevaré a casa para mirarlo en detalle. No sé tú, pero yo me muero de hambre. Tengo una mesa reservada en Mansons para las siete y media, pero mi acompañante no puede venir. ¿Te apetece comer algo? Así no tendrás que cocinar.

Ella sabía que iba a cenar con el director de una empresa rival, amigo suyo, porque había hecho la reserva; también recordó que le había pasado una llamada de su secretaria hacía unas horas. Sorprendida por la invitación, lo miró un momento antes de contestar con toda naturalidad.

–Sería muy agradable, gracias.

–Celebraremos tu primer día sola en la batalla – dijo él–. Voy por mi chaqueta.

Kim, pensando que tendría que haber dicho que no, entró al cuarto de aseo y se miró en el espejo. Ojos marrones, nariz recta y rostro aún bien maquillado. Su cabello seguía perfectamente recogido en el moño que se había hecho esa mañana. Parecía el epítome de la secretaria elegante y eficaz. Sabía que Blaise la llevaba a cenar porque su acompañante había cancelado la cita y ella había trabajado hasta tarde; era un gesto cortés de recompensa por su trabajo. «Y no deseas que sea más, ni en un millón de años», le dijo a su imagen.

Kim salió del aseo cuando Blaise cerraba la puerta de su despacho. Estaba nerviosa, pero se dijo que podía arreglárselas; ese ya era su mundo. En ese lujoso mundo de magnates, un jefe no le daba importancia a invitar a su secretaria a comer o a cenar. Al aceptar el puesto había sabido que tendría que asistir a alguna cena, estar dispuesta a volar al otro lado del mundo en cualquier momento, moverse con soltura en círculos sociales ajenos a ella y dejarse las pestañas trabajando. El impresionante salario implicaba todo eso.

No podía actuar ni pensar como una provinciana; tenía que ser cosmopolita y sofisticada. Blaise era uno de esos hombres que solo tenían que chasquear los dedos para que una docena de mujeres deseara saltar a la cama con él. Él esperaría que esa fuera la tónica de la velada.

Y así fue. Se comportó como un perfecto caballero. Por desgracia, el lujoso entorno, la deliciosa comida, el exquisito vino y el encanto de Blaise como acompañante, dieron al traste con la ecuanimidad de Kim. No hubo conversaciones profundas ni mención de Lucy o asuntos personales, pero Blaise era letal; sobre todo, según el juicio amargo de Kim, porque él era inconsciente del efecto que tenía sobre ella.

No entendía que, tras dos años de indiferencia ante el sexo opuesto, pudiera sentirse atraída por su jefe. Peter Tierman era guapo y atlético y tenía un cuerpo que las chicas de la oficina admiraban en secreto, pero había salido con él más por volver al juego que por atracción. Le había resultado fácil rechazar sus insinuaciones sexuales, no había conseguido acelerarle el pulso ni una vez. En retrospectiva, imaginaba que por eso le había pedido que saliera con él; había percibido su indiferencia y eso le había picado. Suponía un reto y el guapo de Peter no solía encontrarse con muchos.

—Ah, bien —dijo Blaise con satisfacción cuando

el camarero llevó la elaborada carta de postres–.
¿Eres de las que se pirran por el chocolate?

–¿Quién no? –contestó Kim, risueña. Ocupaban
una mesa para dos situada en una plataforma eleva-
da, que recorría la mitad del perímetro del restaurante. La alta cristalera permitía contemplar el resto
de la sala al tiempo que ofrecía intimidad a los
clientes más privilegiados.

–Entonces te sugiero la tarta de chocolate amargo y cereza. Nunca falla –le sonrió y ella sintió el
impacto de su atractivo sexual como una ola–. Yo
soy hombre de pastel de manzana, y aquí hacen uno
con canela fantástico.

Sin duda, recomendaba la tarta de chocolate a
todas sus acompañantes femeninas. Kim preguntó
cómo sería cenar y beber con un hombre como
Blaise sabiendo que la velada terminaría en la
cama. Tragó saliva.

–La tarta de chocolate suena muy bien.

Tenía que controlarse. Era una mujer adulta de casi
veintiséis años, demasiado mayor para dejarse llevar
por una atracción poco profesional, condenada al fra-
caso y ridícula. Incluso si no fuera su secretaria, Blaise
no la miraría dos veces. Sabía que salía con mujeres
bellas, inteligentes, ricas e independientes, tan desea-
bles para el sexo opuesto como Blaise lo era para las
mujeres. Una mujer de uno ochenta, normalita, sin experiencia y, peor aún, virgen, no llamaría su atención.

–Así que te gusta el chocolate. ¿Qué más necesito saber que no aparezca en tu currículo?

–No necesitabas saber que me gusta el chocolate
–apuntó Kim, con un tono indiferente que la enor-
gulleció.

–¿Qué me dices de regalos de cumpleaños, de agradecimiento y esas cosas? Es información muy útil y absolutamente necesaria –los ojos azules miraron su copa–. Prefieres el tinto al blanco. ¿Significa eso que no te gusta el champán?

–El champán es diferente –Kim sonrió.

–Desde luego.

–Si es bueno, claro que me gusta.

–Solo bebo del mejor.

A ella no le sorprendió. Tal vez su rostro mostrara desaprobación, porque él se inclinó hacia delante.

–No nací con una cuchara de plata en la boca, si es lo que estabas pensando.

–No era así.

–Me alegro –tomó un sorbo del excelente vino–. Sé bastante de champán barato y vino mediocre, pero decidí, tras probarlos, que si no podía permitirme los mejores no bebería.

–Debe haberte ayudado a cumplir tu decisión hacerte rico tan joven –dijo Kim con voz seca.

–Eso es verdad –sus ojos se arrugaron cuando sonrió, pero me gusta pensar que la habría cumplido tardara cuanto tardara.

–¿Qué edad tenías cuando entraste en el mercado inmobiliario? –preguntó ella, sintiendo curiosidad por sus comienzos.

–Dieciséis –su sonrisa se amplió al ver su sorpresa–. Acabé el instituto y a la semana siguiente empecé a rehabilitar una propiedad con un par de amigos.

–¿No querías cursar estudios superiores?

–Fui un rebelde toda la etapa escolar –dijo él

con voz queda–. Estaba deseando acabar y los profesores anhelaban librarse de mí. Ahora me arrepiento un poco, la educación es una herramienta muy útil, pero tal vez las cosas no me habrían ido tan bien si hubiera seguido esa ruta.

–¿Tus padres no intentaron persuadirte para que siguieras?

–No conocí a mis padres –sus ojos se velaron–. Fui uno de esos «Se encuentra un recién nacido abandonado ante el hospital; la policía busca a su madre, que podría necesitar atención médica». Me adoptaron cuando era un bebé, pero la pareja falleció en un accidente de coche cuando yo tenía tres años; no los recuerdo, pero me dieron su apellido y mi herencia, que recibí a los dieciocho años. La utilicé para comprar mi primera propiedad y como ya tenía experiencia me fue muy bien.

Ella estaba anonadada, pero intentaba ocultarlo. Intentó que su voz sonara serena y tranquila.

–¿Quién cuidó de ti en tu infancia?

–Una sucesión de familias de acogida –se encogió de hombros–. Por lo visto fui difícil desde el primer día. ¿Y tú? ¿Tienes hermanos? –su tono dejó claro que no diría más de sí mismo.

–Soy hija única. Mi madre quería tener más pero no sucedió, eso fue una doble decepción.

–¿Una doble decepción?

Ella no había pretendido decir eso último; había sido cosa del vino. Se recriminó mentalmente y forzó una sonrisa.

–Mi madre quería una niña preciosa que jugase con muñecas todo el día, el tipo de niña que había sido ella. Yo no era así.

–¿No? –se inclinó hacia delante otra vez–. ¿Cómo eras?

–Era un chicazo –admitió ella con desgana.

–¿E intentó convertirte en otra cosa?

–No, en realidad no. Pero siempre noté que creía que le estaba… fallando, supongo.

–¿Por ser tú misma? –sonó casi enfadado y Kim se apresuró a defender a su madre.

–No era desagradable conmigo, no es eso. Era, y es, una madre maravillosa. Pero somos muy distintas. Ella es pequeña, frágil y muy femenina, una de esas bellezas sureñas de otros tiempos, como suele decir mi padre –sonrió pero Blaise no lo hizo–. Tipo *Lo que el viento se llevó*, ¿entiendes? –añadió rápidamente.

–Tú eres muy femenina –afirmó él.

Kim odió que se sintiera obligado a piropearla. Sabía que se estaba poniendo roja de vergüenza. Decidió que la mejor manera de poner fin a la incómoda conversación era no decir más.

–Gracias –tomó un sorbo de vino.

–¿Tú no lo crees? –Blaise no parecía dispuesto a abandonar el tema solo porque ella estuviera deseando que se la tragara la tierra.

–No particularmente, no.

Habría besado al camarero por elegir ese momento para llegar con los postres. Le ofreció una sonrisa radiante que pareció sorprenderlo.

–Mmm, está delicioso –atacó la tarta con rapidez indecente para evitar volver al tema de su feminidad–. Absolutamente increíble.

–Eres una mujer muy femenina y atractiva, como confirmaría cualquier hombre presente.

–Gracias –murmuró, casi atragantándose. La tarta estaba deliciosa, pero no le estaba haciendo justicia. Solo anhelaba escapar de esos ojos azules que siempre parecían ver demasiado.

Por fortuna, Blaise volvió a asumir el papel de entretenido acompañante, que había convertido en un arte. Kim se serenó. Siempre había estado muy sensibilizada con el tema de su altura y sus generosas curvas; no sabía qué la había llevado a hablar de eso, y encima con Blaise. Podía haber dado la impresión de estar buscando cumplidos o, peor aún, de tener un trauma psicológico. Habría preferido andar desnuda por las calles de Londres a hacer que se sintiera obligado a piropearla.

Salieron del lujo de Mansons al aire cálido de la ciudad, que olía a una mezcla de gasolina, asfalto recalentado, hamburguesas y humanidad.

–Gracias por una cena encantadora –dijo Kim rápidamente–. Hasta mañana.

–Te llevaré a la estación de tren –el coche de Blaise estaba aparcado a unos metros de allí, por eso solo había tomado una copa de vino. Kim, en cambio había tomado dos; por eso había hablado de más y por eso tendría que dejar su coche en la estación de Surrey e ir en taxi hasta su casa.

–No hace falta, está a cinco minutos de aquí y me irá bien el paseo tras estar encerrada todo el día –la idea de sentarse en el potente vehículo con Blaise la superaba.

–Como quieras –sonrió con cortesía–. Buenas noches, Kim –sonó agradable e impersonal.

–Buenas noches –ella se dio la vuelta y se alejó caminando lentamente, como si llevara tacones de diez centímetros y no de cuatro.

Una vez se había probado unos zapatos con vertiginosos tacones de aguja en una zapatería italiana. Sus piernas habían parecido interminables, pero el resto de ella también, por desgracia. Había acabado comprando unos elegantes zapatos de salón de tacón bajo. Incluso con ellos era tan alta como David.

«Podría comprarme esos otros si estuviera con Blaise», la idea, surgida de la nada, le hizo tropezar. Se enderezó de inmediato, ya se había infligido suficiente humillación por esa noche.

Mucho después, ya en casa y en la cama, recordó lo que él había dicho de su infancia. No le gustaba imaginar al hombre duro y cínico que conocía como un niño dolido y confuso; era demasiado doloroso. Encima, si los rumores eran ciertos, su esposa le había sido infiel y le había quitado a su hija tras el divorcio. Aunque tuviera el toque de Midas en los negocios, su vida no había sido fácil.

Se obligó a poner la mente en blanco e inició los ejercicios de relajación que había aprendido tras su ruptura con David para superar el insomnio.

En menos de cinco minutos estaba dormida.

Capítulo 5

A KIM le inquietaba ir a trabajar la mañana siguiente, tras cenar con Blaise, pero su ansiedad resultó ser infundada. El día fue tan ajetreado como siempre, pero no hubo la más mínima tirantez ni incomodidad, al menos no por parte de Blaise. Según fue pasando la mañana, Kim se relajó. Cuando salió del edificio esa tarde empezaba a preguntarse si se había imaginado la cena con Blaise, la conversación, todo.

La semana transcurrió a un ritmo frenético, pero era emocionante y satisfactorio ocupar un puesto de tan alto nivel y hacerlo bien. Sabía que lo estaba haciendo bien. Ya tenía más claro qué podía delegar y qué no, y eso había reducido su carga de trabajo. Y, por bien que se hubiera llevado con Pat, era agradable tener la oficina para ella sola. Podía concentrarse totalmente, excepto cuando Blaise salía a pedirle o comentarle algo.

Kim había descubierto que cuando estaba muy ocupado la llamaba a sus dominios y disparaba órdenes como un rifle automático. Pero de vez en cuando, si estaba dándole vueltas a algo y quería otra opinión, salía, se apoyaba en su escritorio y hablaba con ella. No ocurría a menudo, cosa que Kim agradecía. Ver los pantalones tensarse sobre sus muslos y captar el leve y delicioso aroma de su loción para después del afeitado disminuía mucho su rendimiento. Mucho después de que él volviera a su territorio, ella seguía batallando con pensamientos de los que se había creído incapaz.

Ese fin de semana no estaba tan agotada como los anteriores y el domingo fue a comer a casa de sus padres. Por desgracia, su madre centró la conversación en que dos de las hijas de sus amigas acababan de comprometerse y otra, Ángela, acaba de dar a luz a un niño precioso y «se había lanzado a la maternidad como un pato al agua». Kim tuvo la descortesía de farfullar que no le extrañaba, porque Ángela había andado como un pato incluso antes de quedarse embarazada.

El lunes por la mañana resultó obvio que sería uno de esos días tórridos que acabarían en tormenta antes de la caída del sol. Con el vestido de verano más fino y recatado que tenía, Kim subió al tren felicitándose por haber tenido la prudencia de llevar un paraguas consigo.

Estaba a dos metros de la entrada de West Internacional cuando se dio cuenta de que se lo había dejado en el tren. Pensaba, pesimista, que eso garantizaba que llovería después, cuando uno de sus tacones se enganchó en una grieta del pavimento y se arrancó de cuajo.

«Fantástico», pensó. Dejó el tacón allí y entró en el edificio cojeando. La recepcionista, Christine, le dijo que ella siempre tenía un par de zapatos de repuesto en la oficina para esas emergencias. Kim apretó los dientes y le agradeció el consejo.

Ya en el despacho se quitó los zapatos y los dejó

bajo el escritorio. Intentaría salir a la hora del almuerzo y comprarse otros, y un paraguas, de paso. Sin duda, iba a ser uno de «esos» días.

Comprendió cuánta razón tenía cuando Blaise salió unos minutos después con un sobre rosa en la mano. Sin más preámbulos, se apoyó en el escritorio y la miró, estrechando los ojos azules.

−¿De qué hablasteis Lucy y tú aquel día en el hospital?

−¿Qué? −preguntó ella a la defensiva.

−Cuando estuviste haciéndole compañía.

Lo miró fijamente. Sus ojos azules no desvelaban nada. Se encogió de hombros.

−No me acuerdo.

Él llevaba pantalón gris oscuro y camisa gris plata. Estaba agresivamente atractivo. Sonrió y sus rasgos se suavizaron.

−Bueno, fuera de lo que fuera, le causaste buena impresión. Quiere invitarte a su fiesta de cumpleaños este fin de semana −dijo él, dejando el sobre en su escritorio.

−¿A mí? −una bomba no la habría sorprendido más.

−A ti −se enderezó y volvió hacia su despacho−. Es una fiesta informal. Una barbacoa junto a la piscina y baile por la noche en el jardín. Toda la gente que se considera importante estará allí.

Kim no conocería a nadie y no entendía por qué la había invitado Lucy. Las niñas podían ser vengativas; recordaba cuánto se habían burlado de ella por su altura en el colegio. Tal vez Lucy tuviera algún plan para hacerle quedar mal. Iba a excusarse cuando él volvió a hablar.

–Le he dicho que seguramente tendrías planes, así que no te sientas obligada, pero eres bienvenida si estás libre.

En otras palabras, a él le importaba un pimiento que fuera o no. Por ridículo que fuera, eso la irritó. Sin pensarlo dos veces, aceptó.

–Lo cierto es que no iba a hacer nada especial este fin de semana.

–¿En serio? –Blaise asintió–. Se lo diré a Lucy, se alegrará mucho –entró en el despacho y cerró la puerta.

Kim se insultó mentalmente por su estupidez. No sabía qué la había poseído, pero el diablillo de su orgullo había contestado por ella. Blaise se había sentido obligado a darle la invitación, pero había dejado claro que no esperaba que aceptase. Durante un instante, había recordado todas las veces que se había quedado sin bailar, las pullas que había recibido en su adolescencia, la traición de David y ese horrible mote de Amazona Abbot. Había pensado que no iba a aguantar más desplantes.

Kim gruñó. Eso le pasaba por ser demasiado sensible. Blaise no la había despreciado, a él no tenía por qué importarle que su secretaria fuera o no a la fiesta de su hija. Se había llevado muy bien con Alan Goode y su esposa, incluso había hecho de niñera para ellos alguna vez y asistido a un par de fiestas familiares. Siempre había sabido que no era más que una amistad de trabajo y no le había dado ninguna importancia.

«Porque Alan Goode no era Blaise West». Kim gruñó de nuevo. Tenía que controlar el tema de

Blaise o pondría en peligro un empleo fantástico, una oportunidad única en la vida. Si trabajaba un periodo razonable para un hombre tan importante como Blaise, tendría todas las puertas abiertas.

A media mañana, ya se había reconciliado consigo misma. Había visto el efecto que tenía Blaise en otras mujeres, así que tal vez fuera inevitable que trabajando a diario con él surgieran esos problemillas iniciales. Pat había admitido que ella se había enamoriscado al principio. Solo sería un problema si le daba importancia.

A las once pasó a Blaise una llamada de Ross Harman, su cita para comer. Tras colgar, Blaise asomó la cabeza por la puerta.

—La secretaria de Ross se encontraba mal y se ha ido a casa —aseveró—. ¿Puedes venir a comer para tomar notas?

—Por supuesto —dijo ella automáticamente. ¡Ay! —exclamó un segundo después.

—¿Algún problema?

—Mis zapatos.

—¿Tus zapatos?

—No tengo. Es decir, sí tengo, claro, pero un tacón se rompió cuando venía hacia aquí —se abofeteó mentalmente. Imposible menos profesionalidad, hasta la recepcionista tenía un par de repuesto para emergencias.

—Eso es fácil de arreglar. Llama a Marshalls y pide que envíen varios modelos de tu talla, color y demás.

—No creo que… —Kim pensó que había que ganar una fortuna para atreverse siquiera a mirar el escaparate de esa tienda.

–Me conocen; no habrá problema.

¡Excepto que unos zapatos de Marshalls le costarían un mes de sueldo! Kim asintió, con lo que Blaise le pagaba no podía negarse.

–Pero ya son las once, y tendríamos que salir a las doce.

–Confía en mí –Blaise sonrió, divertido–. Llama.

Diez minutos después, el gerente de Marshalls y una dependienta llegaban con una docena de pares de zapatos para que Kim eligiera. Nunca se había sentido tan avergonzada en su vida, sobre todo porque Blaise salió a dar su opinión.

Dolorosamente consciente de que calzaba un cuarenta y tres, y agradeciendo haber dedicado la tarde del domingo a depilarse, pintarse las uñas de las pies de color cereza y ponerse crema autobronceadora, Kim eligió unas sandalias y tres pares de zapatos para probárselos. Los precios estaban impresos en las cajas, pero tan pequeños que era imposible leerlos con disimulo.

Las sandalias, de un cuero imposiblemente suave y del mismo tono amarillo limón que su vestido, tentaron a Kim, pero decidió ser sensata y elegir algo que fuera bien con distintos conjuntos. Eligió unos zapatos crema con tacón de aguja, abiertos en la puntera. Se armó de valor.

–¿Cuánto le debo? –le preguntó al gerente.

–No te preocupes de eso ahora –Blaise miró su reloj–. Tenemos que irnos. Envía la factura aquí, Antonio. Y deja también las sandalias.

Kim lo miró fíjamente. Abrió la boca para protestar, pero Antonio y su ayudante, una diminuta pelirroja que no había dejado de mirar a Blaise embobada, ya habían recogido la mercancía e iban hacia la puerta.

—Solo quiero un par —le dijo Kim a su jefe en cuanto salieron—. Ahora tendré que ir a devolver las sandalias esta tarde.

—¿Cómo sabes que las he pedido para ti?

Kim se preguntó cuántas mujeres podía conocer que usaran un cuarenta y tres y quisieran unas sandalias color limón. Concediéndole el beneficio de la duda, enarcó una ceja.

—¿Las has pedido para mí?

—Sí.

Se preguntó cómo decirle a un multimillonario que un par de zapatos de Marshalls, que solo trabajaba con los mejores diseñadores, era una extravagancia y dos una auténtica locura.

—Prefiero los de color crema —dijo Kim.

—Los de color limón iban mejor con tu vestido. Y deja de mirarme con ira solo porque te he comprado dos pares de zapatos.

Ella tardó un instante en registrar sus palabras.

—¡No lo has hecho! Soy perfectamente capaz de comprármelos yo —dijo en voz baja pero firme.

—No lo dudo, Kim, pero son una muestra de agradecimiento por estar a la altura cuando Pat enfermó, sin protestas ni conmoción. Sé bien que exijo mucho, pero has cumplido con creces.

Kim siguió mirándolo. No tenía ninguna intención de aceptar un regalo tan caro, pero lo que había dicho la tenía atónita. No era el tipo de hombre que daba las gracias. Cuando pagaba a alguien para que hiciera un trabajo esperaba que lo hiciera bien, punto final. Al menos eso había creído ella.

No era consciente de su expresión transparente, pero el hombre que la observaba leyó sus pensamientos con tanta claridad como si los hubiera expresado en voz alta. Sonrió.

—¿De acuerdo?

No, no estaba de acuerdo. Kim, con esfuerzo, recuperó la voz.

—Es muy amable por tu parte, pero no puedo aceptar. Me pagas para hacer mi trabajo, Blaise.

—Insisto —dijo él con un deje de irritación.

—Lo siento, pero no puedo.

—¿Rechazarías un regalo de empresa en Navidad? —preguntó él con el ceño fruncido.

—Eso es distinto, es… —iba a decir «normal», pero rectificó a tiempo— un detalle de cortesía.

—Perfecto. Lo has recibido por adelantado.

—Estamos en julio.

—He dicho por adelantado —sonrió y entró en su despacho—. Ponte las sandalias hoy. Quedan perfectas con el vestido y el esmalte de uñas. No te habría definido como chica rojo cereza.

—¿Cómo me habrías definido? —no pudo resistirse a preguntar ella.

—Ópalo o perla —los brillantes ojos azules buscaron los suyos—. Algo suave y lustroso.

Kim parpadeó.

—Pero el rojo está muy bien —dijo él con expresión seria. Cerró la puerta del despacho.

Kim pensó que se estaba riendo de ella, pero sin mala intención. Miró los dos pares de zapatos y sonrió. Solo tenía cinco minutos para retocarse el maquillaje y volver a ser la secretaria callada y eficiente que se esperaba que fuera.

La comida fue como la seda. Ella comió, tomó las notas necesarias mientras disfrutaban del café en el bar del restaurante y se preocupó de no tomar más de una copa de vino. Ya conocía a Ross Harman y le caía bien. Era un hombre pequeño y atildado que había creado un imperio a partir de la nada, enfocaba la vida y el trabajo con seriedad y seguía casado con la misma mujer que antes de hacerse rico. Eso era mucho en los círculos en los que se movían Blaise y él.

Cuando salían del restaurante, Kim se preguntó si a Blaise le habría gustado lo mismo. Blaise y ella volvieron andando a la oficina, charlando sobre el trato con Harman.

A Kim le costaba concentrarse. No estaba acostumbrada a tener que alzar la cabeza hacia un hombre llevando tacones. Además estar cerca de él la ponía nerviosa. No era solo por su altura y anchura, que la hacían sentirse femenina y deliciosamente delicada, su virilidad era parte integral de su atractivo.

David había sido alto pero muy delgado y rubio. Nunca había hecho que se sintiera especialmente femenina, y en aquella época ella se había culpado de eso. En retrospectiva, había comprendido que se debía a que él le tenía aprecio, la quería incluso, pero no la deseaba físicamente. Tal vez si no hubiera tenido complejo de inferioridad respecto a su altura, habría adivinado que algo iba mal mucho antes. O quizás no. Lo había querido y confiado en él con esa devoción ciega que no veía los errores del ser amado.

–¿Qué ocurre? –preguntó una voz grave a su

lado. Kim miró a Blaise. Se había descentrado un momento y eso era un gran error con alguien tan astuto como Blaise.

—¿Ocurrir? Nada.

—Espero no haber sido yo el culpable de esa expresión. Te he preguntado cuánto tardarías en redactar las notas y tus ojos han destellado de ira.

—Nada de eso –protestó ella débilmente–. Estaba pensando en otra cosa, nada más. Las notas estarán en tu escritorio en una hora, ¿de acuerdo?

Blaise no contestó a eso. Siguió a lo suyo.

—No, tienes razón. Era una mirada trágica, más que de ira.

—¿Trágica? –eso la molestó–. ¡Lo dudo!

—Yo no –para horror de Kim, se detuvo, puso las manos en sus brazos y la volvió hacia él–. Dejando aparte que pienses en otras cosas cuando estás conmigo, vuelvo a preguntar, ¿qué ocurre?

Era la hora del almuerzo y pocas personas podían detenerse en una concurrida acera londinense sin recibir un golpe o un empujón; Blaise era una de ellas. Kim alzó la vista hacia su rostro. Se preguntó, impotente, por qué tenía que ser su jefe. Tendría que haberlo conocido años antes que a David, en una de esas situaciones románticas de las películas. Dos corazones que se aceleraban, un impactante encuentro de miradas…

—Ahora pareces ausente –dijo Blaise, seco.

Kim volvió a tierra de golpe y forzó una sonrisa. Era eso o rezongar, y no podía permitirse ese lujo.

—No hay forma de complacerte –bromeó.

—En eso te equivocas –su rostro se puso serio–. Me complaces, Kim, mucho.

Se miraron un segundo y entonces la sombra que había velado sus ojos un par de veces volvió a aparecer. Aun así, Kim captó la sorpresa que registraron sus ojos azules.

Él la soltó y volvió a andar.

–Si fueras a irte mañana, te aseguro que podría escribir «muy satisfactorio» en tus referencias.

Kim se preguntó qué quería decir con eso. Decidió no mostrar que la había perturbado.

–Eso valdría para empezar, pero esperaría un «siempre puntual» y «trabaja bien en cualquier situación», además de la palabrería habitual.

–Nunca utilizo palabrería –era verdad.

–¿Ni en una recomendación?

–Menos aún en una recomendación, pero admito que no he tenido que escribir ninguna para mis secretarias personales; si dejan el puesto es por otras razones, no para cambiar de trabajo.

Ella lo creyó. Contenta de hablar de algo que no fueran sus pensamientos, decidió indagar más.

–¿Cuántas has tenido?

–Tres. La primera, una batalladora mujer llamada Nancy, estuvo conmigo desde el principio. Cuando se jubiló, a los sesenta, creí que no podría arreglármelas sin ella. Fue duro, pero descubrí que nadie es imprescindible.

Kim parpadeó. Algo había cambiado en el último minuto. Él había cambiado. Volvía a ser el hombre férreo y duro de siempre; era como si ella hubiera cometido un error.

–A la segunda la conoces: Pat.

–Correcto –Kim se concentró al llegar a la zona de pavimento donde había perdido el tacón esa mañana y segundos después entraron en el edificio de West Internacional. La recepcionista ofreció a Blaise la lisonjera sonrisa que reservaba solo para él, que se limitó a inclinar la cabeza.

Ya en el ascensor, Kim mantuvo la vista al frente. Blaise West era una gran contradicción. Seguramente eso era lo que lo hacía tan atractivo para el sexo opuesto; fuerza y gentileza eran una combinación potente en cualquier hombre. Y Blaise poseía ambas cosas, aunque no mostrara la última a menudo. Eso, unido a su virilidad, lo convertía en un hombre letal.

Una vez en su mesa, Kim empezó a redactar las notas que había tomado y se las llevó a Blaise una hora después. Estaba concentrado en unos documentos con el ceño fruncido; le dio las gracias sin alzar la cabeza.

—No estoy contento con los plazos establecidos en la sucursal de París —dijo, cuando ella ya llegaba a la puerta—. No sé qué diablos está pensando Lemoine para permitir que Delbouis dicte sus términos así. Esperaba que pudiera manejar esto, pero me equivoqué. Tendré que ir en persona, ver a Delbouis y dejarle claro quién lleva las riendas. Si quiere que compre su empresa, tendrá que adaptarse a mis normas.

—Puede que no quiera.

—¿Qué? —la taladró con su aguda mirada.

—Me dijiste que Jacques Delbouis creó su compañía desde cero, ¿no? Puede que en el fondo no desee que nadie la compre.

—Le sacaré de una ruina financiera segura si compro —dijo Blaise, cortante; era obvio que no le había gustado nada su comentario.

–Lo sé, y dadas las circunstancias tu oferta es muy generosa.

–Oh, gracias –rezongó con sarcasmo–. Me alegra saber que no opinas que le estoy robando.

–Aun así, debe de sentirse fatal. Imagina cómo te sentirías tú en su caso.

–Yo no sería tan idiota como para comprar existencias que no puedo pagar basándome en promesas de pedidos que no se materializan –afirmó Blaise–. Ni multiplicaría el error solicitando préstamos a un interés desorbitado.

–¿No sientes ni un poquito de lástima por el aprieto en que se encuentra?

–En el mundo de los negocios no hay lugar para la lástima. Lo sabes. Delbouis tomó malas decisiones y ahora las está pagando. Es así de sencillo –Blaise se recostó en el sillón con rostro impasible–. El pez grande se come al chico, Kim. Sobrevive el más fuerte.

Cuando hablaba así, ella entendía bien que se hubiera hecho millonario con apenas veinte años. No parecía humano. Kim se sonrojó.

–Sí, claro que lo sé. Me refería a tus sentimientos personales.

–Me permito muy pocos «sentimientos personales» –repuso él con voz ronca. Kim tuvo la sensación de que no hablaba solo de trabajo–. Aprendí hace mucho que pueden nublar el juicio y hacer que un hombre fuerte se vuelva débil. No me gusta ninguna de esas dos cosas.

Ella no supo qué decir. Una conversación trivial se había convertido en otra cosa.

–Iré a París mañana –dijo él, inclinándose de

nuevo sobre los documentos–. Haz las reservas necesarias para los dos. Pasaremos una noche en el hotel habitual. Pat te dejó una lista con todos esos datos, ¿verdad?

–¿Quieres que te acompañe? –preguntó Kim con una serenidad que distaba de sentir. Había sabido que habría viajes; Pat le había dicho que había acompañado a Blaise a América y a la mayoría de las sucursales europeas.

–Espero que no sea problema –dijo Blaise sin mirarla.

–Claro que no –dijo ella–. Me ocuparé de todo.

Ya en el despacho exterior, Kim tomó aire. Se dijo que no iba a ser un problema. Podía asumir el trabajo y los eventos sociales que implicaría un viaje a París; y más le valía acostumbrarse porque no sería la última vez.

Sacó la lista de hoteles y datos de viaje que le había dejado Pat y se puso a ello. Ni una sola vez se permitió admitir que no era el trabajo ni los eventos sociales lo que había levantado una bandada de mariposas en su estómago, sino la intimidad que supondría estar en París con Blaise.

Capítulo 6

LA mañana siguiente Kim se levantó al alba. Había seguido las instrucciones de Pat al pie de la letra, así que volaban temprano, en primera clase, y un coche los recogería en el aeropuerto para llevarlos al hotel. De cinco estrellas, por supuesto.

Había preparado su bolsa de viaje el día anterior, incluyendo su vestido de noche más caro por si acaso. Era posible que en un hotel de lujo la gente se engalanara para cenar. Si no era así, se pondría un vestido de lana fina de color crema, elegante pero formal.

Se vistió y se miró en el espejo. Los pantalones anchos, de seda y lana verde claro, le habían costado un riñón, pero lo valían. Tenían tres años y seguían como el primer día. Con una blusa blanca sin mangas y una fina chaqueta de lino le daban un aspecto fresco, profesional y chic. Justo la imagen que deseaba proyectar. Por nerviosa que estuviera, Blaise no podía notarlo.

Para ir a la oficina solía recogerse el pelo en un moño, pero para viajar era más cómodo llevarlo suelto. Lo dejó caer a ambos lados de la cara y se puso unos diminutos pendientes de diamantes como único adorno.

Llegó al aeropuerto antes que Blaise. Habían quedado en la cafetería y estaba bebiéndose un capuchino cuando lo vio llegar. Era más alto que el resto de la gente y lucía un traje gris claro y camisa y corbata color malva; más de un par de hambrientos ojos femeninos seguía su avance.

Todos los músculos de Kim se tensaron y se ordenó relajarse. Iba a pasar cuarenta y ocho horas con Blaise; si no se lo tomaba con calma, acabaría hecha un manojo de nervios.

–Buenos días –los ojos color zafiro la miraron y Kim sintió el impacto hasta en los dedos de los pies–. El vuelo no lleva retraso, así que embarcaremos en cuanto acabes.

–Estoy lista –acabó el café y se levantó.

–Espera –Blaise sacó un pañuelo blanco del bolsillo y rozó la comisura de su boca–. Espuma –aclaró, volviendo a guardar el pañuelo. Se inclinó, agarró el bolso de viaje de Kim y siguió andando.

Ella agradeció tener un momento para que el rubor que había teñido sus mejillas bajara de tono. Había sido un mero gesto, nada fuera de lo común, pero le había parecido muy íntimo.

Kim descubrió que los inconvenientes de volar disminuían cuando se tenía dinero. Pronto estuvieron en la sala de embarque de primera, muy distinta a la ruidosa y ajetreada terminal de llegada que acababan de dejar. Minutos después, subían al avión y ocupaban cómodos asientos con amplio espacio para las piernas.

Kim decidió mirar por la ventanilla, intentando ignorar cuánto alteraba su equilibrio que Blaise estuviera sentado a su lado. Su virilidad resultaba apabullante en los limitados confines del avión.

Poco después de despegar, la azafata les llevó

café y Blaise sacó un montón de papeles del maletín, que absorbieron su atención. Kim siguió mirando por la ventanilla, sin ver; era consciente de cada movimiento de Blaise y de cómo chasqueaba la lengua con impaciencia mientras examinaba el informe de Claude Lemoine.

Pensó que no le gustaría estar en el pellejo del pobre Lemoine cuando se encontraran. Esperaba que tuviera buenas excusas preparadas.

Unos minutos antes del aterrizaje, Blaise guardó los documentos y se estiró.

–¿Todo bien? –preguntó, mirando a Kim como si acabara de recordar que no viajaba solo.

Ella asintió y su cabello se movió como una cascada de seda. Los ojos de él siguieron el movimiento y luego descendieron a su boca.

–El coche nos llevará al hotel para dejar las maletas, pero después quiero ir directamente a la fábrica de Delbouis. ¿Necesitas refrescarte?

–No, estoy bien –repuso ella.

–Claude se reunirá allí con nosotros. Le dije cuanto quería decirle anoche, por teléfono.

Ella temió que el día iba a ser bastante estresante. Blaise debió adivinar lo que pensaba porque su sensual boca se curvó un poco.

–No te preocupes. Procuraré que la situación no resulte demasiado incómoda para ti.

–Haz lo que tengas que hacer –se sonrojó al captar el tono burlón de su voz.

–Gracias. Lo haré.

Ella lo miró y forzó una sonrisa serena.

–Seguro que siempre lo haces, no lo dudo.

–¿Y eso es malo?

–No he dicho eso.

–Pero dices mucho aun sin palabras –atacó él, cordial–. Una mirada y me siento como un colegial travieso recibiendo una reprimenda.

–Eres mi jefe –Kim lo miró atónita–. No me atrevería a soñar con echarte una reprimenda.

–Tuve una maestra que era igual que tú –dijo él, sin hacerle caso–. La apodamos «sargento mayor». La señorita Bates nos aterrorizaba.

Ella no creía que a Blaise West lo hubiera aterrorizado nada ni nadie en toda su vida. Y no le hacía ninguna gracia que la comparara con su vieja maestra. Su tono de voz reflejó su opinión.

–Seguro que no me parezco nada a tu maestra.

–Oh, sí, Kim. Te lo prometo. Si la conocieras, lo considerarías un cumplido. Toda una mujer, la señorita Bates. Podía controlar a una banda de salvajes chicos del este de Londres sin alzar la voz; le bastaba arquear una ceja. Dejó el trabajo para casarse con un tipo que iba a explorar la selva de Borneo o algo así. Si alguien podía reducir a los nativos, esa era la señorita Bates.

A Kim la reconfortó que la señorita Bates no fuera una vieja solterona con bigote y pelo ralo.

–¿Creciste en el lado este de Londres? –le preguntó.

–Parte del tiempo.

–Mis padres siguen viviendo en la casa en la que nací, en Surrey –dijo ella. Le pareció preferible no indagar más en la infancia de él.

–¿Es agradable?

–A mí me lo parece. No es una mansión –aclaró rápidamente–. Es una casa normal de tres dormitorios, pero tiene un enorme jardín, lleno de árboles. De niña solía pasar casi todo el día allí.

–Eras un chicazo –asintió él–. Lo recuerdo.

–Hay un enorme sauce llorón al fondo del jardín y era mi mejor amigo –Kim sonrió–. Hasta hacía los deberes subida a las ramas más altas.

–¿Fuiste una niña feliz?

–En general –una sombra oscureció su rostro.

–En general, ¿pero no todo el tiempo? – presionó él.

–¿Quién es feliz todo el tiempo?

–De acuerdo, tienes razón.

Sin saber bien por qué, Kim se sintió obligada a darle algún tipo de explicación.

–Solían burlarse bastante de mí –admitió.

–¿Por qué?

Lo miró fijamente. A ella le parecía obvio.

–Siempre he sido más bien alta –se encogió de hombros–. Pero si no hubiera sido eso, habría sido otra cosa. Todos los niños sufren burlas por algo.

Él la estaba mirando con demasiada atención, así que forzó una sonrisa. El anuncio de que iban a aterrizar supuso una bienvenida distracción. La azafata les pidió que se abrocharan los cinturones; su mirada se detuvo demasiado tiempo en el rostro de Blaise, pero él no pareció darse cuenta. Kim supuso que estaba acostumbrado.

Un coche los esperaba, según el plan. Poco después el conductor había entregado el equipaje en el hotel y seguían su camino. Cuando oyó a Blaise hablar en francés con el conductor, Pierre, resultó obvio que ya lo conocía. Kim chapurreaba francés y entendía lo bastante para defenderse, pero Blaise hablaba como un nativo. Lo hacía todo bien. Se preguntó cómo sería que un hombre así le hiciera el amor…

–…si no tienes demasiada hambre?

Demasiado tarde, Kim comprendió que Blaise le había estado hablando sin que ella oyera una palabra. Era una mujer normal y había tenido pensamientos sexuales en el pasado, pero no explícitos, y desde luego no respecto a un hombre conocido. Hizo acopio de todo su control.

–Disculpa, estaba mirando el paisaje.

–He dicho que me gustaría ver la fábrica antes de almorzar, si no estás demasiado hambrienta –la voz de Blaise sonó fría, pero Kim no lo culpó. No le pagaba un sueldo para que soñara despierta.

–No, no tengo hambre –dijo rápidamente.

–¿Te encuentras bien? –su tono de voz cambió tras mirarla–. Pareces algo acalorada. ¿Estás mal?

–Estoy perfectamente, gracias.

La reunión inicial fue tan bien como podía ir dadas las circunstancias. Claude Lemoine estuvo callado y fue Blaise quien se ocupó de dejarle claro como el agua a Jacques Delbouis exactamente lo que esperaba de la absorción de su empresa.

La compasión que Kim había sentido por Jacques Delbouis se mitigó tras conocer al francés. Era arrogante, antipático y, además, se consideraba un regalo de los dioses para el género femenino. Cuando le besó la mano alargó el contacto demasiado; su mirada y su sonrisa untuosa hicieron que deseara darle un pisotón.

Kim tomó muchas notas mientras los hombres hablaban. Tras dos horas de intensa discusión, sintió alivio cuando Blaise sugirió un descanso para comer. Le dolían los dedos, empezaba a tener dolor de cabeza y, paranoica, tenía miedo de no haber anotado algo de importancia vital.

Comieron en el Restaurant de l'Etoile, cerca de la Rue Mouffetard donde, según Blaise, se celebraba uno de los mercados callejeros más antiguos de París. La comida estaba deliciosa; a Kim no le extraño que la cocina francesa tuviera reputación de ser la mejor del mundo.

Había esperado que la reunión prosiguiera tras la comida, pero Blaise dijo a los dos hombres que los vería en las oficinas de West Internacional a las seis de la tarde.

—Mis abogados estarán allí con todos los documentos necesarios. Imagino que tú también traerás a tus sabuesos legales, ¿no, Jacques?

—Contaba con unos días más para... –balbució Jacques, sorprendido.

—Has tenido días de sobra –la voz de Blaise cortaba como el hielo–. No aceptaré ni un retraso de veinticuatro horas. A las seis, o retiraré la oferta y tendrás que buscar otro comprador.

El hombre miró a Blaise un segundo, después sonrió y se encogió de hombros expresivamente.

—*Les loups ne se mangent pas entre eux* –farfulló.

—No me pongas a prueba. Te veré con tu equipo a las seis, Jacques. Claude, puedes localizarme en el móvil si necesitas algo.

Dejaron a los dos hombres terminando su café.

–¿Qué te ha dicho? –preguntó Kim, curiosa, en cuanto estuvieron en la bonita calle adoquinada.

–Ha dicho «Los lobos no se devoran los unos a los otros» –Blaise esbozó una sonrisa fría–. Se equivoca, por lo menos respecto a este lobo en concreto. Si no está allí a las seis con todo en orden, puede olvidarse del trato –la miró con ironía–. ¿No vas a hacer ningún comentario sobre la dureza de mi corazón?

–No me ha caído bien.

–No te ha caído bien –los ojos azul cielo chispearon. Kim, fascinada, se perdió en ellos. Blaise la tomó del brazo para cruzar la carretera; había despedido al chófer cuando los dejó en el restaurante, diciendo que volverían en taxi–. Nunca deja de asombrarme la lógica de las mujeres –murmuró Blaise–. No te ha caído bien así que mi, digamos firmeza, ¿te parece aceptable? ¿Qué habrías dicho si te hubiera caído bien?

–Probablemente lo mismo –sabía que se estaba burlando de ella, pero le daba igual. Estaba en París un cálido día de verano y la magia de la ciudad se había metido en sus venas. Iba a costarle trabajo redactar las notas para la reunión de esa tarde, pero ya había contado con eso.

–Tenemos un par de opciones –apuntó Blaise.

–¿Disculpa?

–Podemos volver al hotel, dejar los papeles e ir de visita turística o, si estás cansada, puedes echarte una siesta antes de la reunión de la tarde.

–Pensé que querrías las notas para la reunión –dijo Kim, extrañada.

–No –Blaise alzó la mano y paró a un taxi–. Ser-

virán como registro de lo dicho cuando volvamos a
Inglaterra, nada más. O Jacques está allí a las seis o
no habrá trato.

La ayudó a subir al taxi y luego subió él, sentándose a su lado. Se volvió hacia ella.

–¿Qué? ¿Turismo o descanso?

–Nunca había estado en París –admitió ella con
timidez–. Turismo, por favor.

–De acuerdo –dijo sonriendo.

Kim sintió una extraña opresión en el pecho.

Blaise le explicó al taxista que Kim nunca había
visitado París y que quería que viera tantos jardines,
iglesias, palacios y lugares de interés como fuera
posible en unas pocas horas.

Era obvio que el conductor estaba orgulloso de
ser parisino; enseñar su ciudad ganando dinero por
hacerlo era su idea del paraíso.

–Ah, *mademoiselle* –sin preocuparse del caótico
tráfico, se dio la vuelta y sonrió a Kim–. Habrá oído
nuestro famoso dicho, ¿verdad?: *Pour être Pari-
sien, il n'est pas nécessaire d'être né à Paris, il suf-
fit d'y renaître.* Para ser parisino no es necesario
nacer en París, solo renacer allí.

–Estoy segura de que es verdad –Kim sonrió con
nerviosismo, deseando que el hombre se concentra-
ra en conducir.

–Casi todas las calles tienen algo de interés ¿sabe?
–volvió a mirar al frente–. Un árbol plantado por Víc-
tor Hugo en la avenida Raspail, una placa en una
puerta en Belleville, donde nació Edith Piaf, una mar-
ca en la rue Bellechasse que indica la altura que al-
canzó el agua en la inundación de 1911 –suspiró–. Se
dice que siempre que Francia tuvo un momento de

gloria, en París se construyó un arco, una estatua o una columna. ¿Entiende?

–Sí, sí, claro –afirmó ella rápidamente, para que no volviera la cabeza y se explicara más.

–El parisino ama la belleza como nadie. Es verdad, *mademoiselle*. Lo demostraré. Yo, Marcel Piel, se lo demostraré.

–Estás en manos de un experto –Blaise sonrió–. Recuéstate, relájate y disfruta –le susurró a Kim.

Recostarse y disfrutar era fácil, relajarse estando tan cerca de Blaise no. Aunque sus cuerpos no se rozaban, su calor viril parecía envolverla mientras el taxi callejeaba por la ciudad. Él se había quitado la chaqueta y la corbata; la camisa abierta dejaba ver el vello oscuro y rizado de su pecho y bajo el fino tejido eran evidentes los músculos de sus hombros. Kim estaba tan tensa como una cuerda de violín.

La ciudad era pura magia, con sus innumerables monumentos, estatuas, placas, fuentes y plazas, siempre cerca de una terraza o un puesto de helados. Visitaron la basílica de Sacré Coeur, que coronaba Montmartre como una tarta de boda; el Palacio de Justicia, que el conductor les dijo había hecho de prisión; la Plaza de la Concordia, donde habían muerto Luis XVI y su mujer, María Antonieta; y muchos otros lugares emblemáticos que Kim solo había visto en televisión.

Eran casi las cuatro cuando llegaron al Cementerio de Père-Lachais, donde tantas personalidades habían sido enterradas.

–Estiraremos las piernas un poco –le dijo Blaise a Marcel. Luego, miró a Kim–. Es un lugar para pasear. Muchos parisinos lo utilizan como parque y no tiene nada de triste o siniestro; de hecho es muy bello y tranquilo. Traje a Lucy aquí hace un par de años y pasó la mayor parte del tiempo jugando al escondite entre las tumbas con unos niños franceses de los que se hizo amiga.

Dejaron a Marcel fumándose una pipa y entraron al cementerio. Kim entendió lo que quería decir Blaise. Era frondoso y verde, el sol moteaba las vetustas tumbas y el aroma de las flores perfumaba el aire. Mariposas y abejas revoloteaban en los arbustos en flor y se oían golondrinas gorjeando en los árboles.

Pasearon por los caminos empedrados, leyendo los nombres de las tumbas: Balzac, Delacroix, Colette, Moliere…, y no solo franceses. Chopin, Oscar Wilde y Sarah Bernhardt, entre otros, también descansaban allí. Además de rememorar el pasado, el cementerio era parte de la elusiva magia de París.

–¿Te parece raro que trajese a Lucy a un cementerio? –preguntó Blaise con voz queda cuando llevaban unos minutos paseando.

Kim lo miró de reojo. Su rostro era una máscara impenetrable, como casi siempre.

–No, en realidad no. Es un lugar de interés histórico, ¿no? –dijo con cautela, aspirando el dulce aroma de las rosas.

–Sí, pero esa no es la razón de que trajera aquí a mi hija. Tenía cinco años cuando murió su madre y, como también iba en el coche, vio sus terribles lesiones. Tuvo pesadillas mucho tiempo. Su abuela –su voz se volvió dura– es una mala influencia, desde mi punto de vista. Hace dos años y medio le dijo a Lucy que no hay cielo ni infierno, solo esto. Sean cuales sean sus creencias, me pareció un crimen que le dijera eso a una niña cuyo consuelo era que algún día vería a su madre en el cielo.

–¿Cómo reaccionó Lucy? –preguntó Kim.

–Pasamos por una fase difícil. Yo había estado aquí antes y para mí es un sitio donde uno tiene sensación de paz, así que la traje. Era un bonito día de verano, como hoy. Charlamos un rato, la reconforté como pude y luego estuvo jugando con esos otros niños.

Kim lo miró. Visualizó a un hombre grande y a una niña pequeña paseando entre los vivos y los muertos, un día de cielo azul y sol brillante. Sintió un nudo en la garganta y tragó saliva.

–¿Eso la ayudó? –preguntó con suavidad.

Blaise tomó aire. Era obvio que le había resultado difícil hablar del incidente. Kim se preguntó por qué lo había mencionado.

–Sí, sí que lo hizo.

–Me alegro.

–Lo cierto, Kim, es que entonces era más pequeña. Últimamente se ha vuelto más… no sé –movió la cabeza–. Tiene más necesidad de hablar con una mujer, supongo. Por lo que te he dicho, ya imaginarás que no animo a su abuela a verla demasiado y mi ama de llaves, aunque es la columna vertebral de la casa, sería la primera en admitir que no entiende nada de niños. Pero tú le gustaste a Lucy. Por eso quería darte algunos datos antes de que la veas este fin de semana.

Kim se quedó parada. Si tenía la esperanza de que Lucy la considerara su nueva y mejor amiga, le esperaba una gran decepción. Su hija había dejado claro lo que pensaba de ella en su primer encuentro, y «tía favorita» no encajaba en ese pensamiento.

–Blaise –empezó, incómoda.

–No te estoy pidiendo que hagas nada, que quede claro –interrumpió él–. Pero, por si Lucy quiere hablar contigo, me pareció que lo justo era ponerte en antecedentes. Ha pasado por mucho.

–Entiendo –Kim no podía decirlo, pero la fiesta no le apetecía nada. Sin embargo, quería ver dónde y cómo vivía Blaise. Se puso un mechón de pelo tras la oreja. Blaise siguió el movimiento con la mirada.

–Se hace tarde, volvamos al coche.

No hablaron durante el viaje de vuelta, pero con Marcel como conductor no hacía falta. Kim se preguntó si le dolería la mandíbula por la noche.

Para deleite del taxista, Blaise le pidió que esperase mientras se refrescaban y recogían los documentos necesarios, para llevarlos a West Internacional, que estaba cerca de la torre Eiffel.

Kim se puso el vestido de punto color crema, los zapatos abiertos en la puntera que le había comprado Blaise y una rebeca de cachemira de color café; un conjunto elegante, pero no excesivo.

Jacques Delbouis esperaba con sus abogados cuando llegaron a West Internacional. El edificio era tan grande y lujoso como el de Londres y todo el mundo mostraba a Blaise la misma deferencia.

El proceso fue rápido. Jacques no parecía demasiado desconsolado por la pérdida de su empresa, si acaso aliviado. Sonrió y estrechó las manos de todos, besó la de Kim y se marchó.

–*Fait accompli* –Claude se hundió en el sillón y emitió un largo suspiro.

–Siempre supe que capitularía –Blaise sonrió–. Solo quería ponernos las cosas un poco difíciles, por orgullo tal vez. Que esto te sirva de lección, Claude. Hay que estar dispuesto a renunciar a un negocio, por mucho esfuerzo que haya requerido. Vete a casa. Te veré por la mañana.

Pierre los esperaba para llevarlos al hotel. Blaise había pagado y despedido a Marcel cuando llegaron a la oficina.

—Son las siete menos diez —dijo Blaise mirando su Rolex cuando entraron al hotel—. He reservado mesa para cenar a las ocho. ¿Nos vemos en el bar a las siete y media?

Ella asintió. Subieron a sus habitaciones, en la misma planta, pero no contiguas. La de Kim era maravillosa, como todo el hotel. Pensó, con histerismo, que la vida junto a Blaise era fantástica. Fluida y sin complicaciones.

Sin embargo, aunque su riqueza e influencia podían comprarlo casi todo, su matrimonio había fracasado y tenía una hija de diez años que no parecía feliz y le preocupaba. Se preguntó si él tenía idea de lo letal que resultaba esa mezcla de magnate despiadado y padre tierno.

—Solo eres su secretaria —se recordó—. Y hablar sola es el primer síntoma de locura.

No se cambió de ropa, pero se recogió el pelo con un estilo más sofisticado que el que utilizaba en la oficina y se pintó los ojos más de lo normal.

Bajó a las siete y media en punto. Blaise ya estaba en el bar y aprovechó para observarlo desde lejos. Estaba solo, aunque dos jovencitas intentaban atraer su atención. Kim recordó lo que había dicho Jacques Delbouis; Blaise era un lobo en un rebaño de ovejas, parecía conformarse con observar sus juegos, pero en cualquier momento podía pasar al ataque. Esa indefinible aura de ser un hombre peligroso era parte de su atractivo.

Cuando iba hacia él vio que las dos jovencitas se miraban y supo que se preguntaban qué hacía un hombre como él con ella. Alzó la barbilla y sonrió a Blaise, que le apartó una silla.

–¿Qué quieres beber?

–¿Qué estás tomando tú?

–Un cóctel de champán. El barman, Henry, los prepara como es debido.

–¿Y cómo es eso?

Blaise se inclinó hacia ella y apoyó una mano en el respaldo de su silla. Kim se tensó.

–Humedece un terrón de azúcar con angostura y lo pone en una copa flauta. Después, añade el brandy y rellena la copa lentamente con excelente champán seco. Ven a verlo si te apetece.

–¿Puedo?

–Claro, es la mitad de la diversión en estos sitios y a Henri le encanta tener espectadores.

Henri era un hombre de ojos amables y amplia sonrisa. Y el cóctel estaba delicioso. Tanto que Kim aceptó un segundo. A las ocho entraron al restaurante y ella se juró no beber más alcohol hasta después de comer algo, aunque no sabía si eran los cócteles o la compañía de Blaise lo que hacía que se sintiera risueña y excitada.

El restaurante era todo cristal reluciente, manteles níveos, y camareros que se movían deslizándose como si patinaran. Los llevaron a una mesa para dos en un pequeño reservado, cerca de donde el pianista tocaba una suave melodía.

–Es precioso –le dijo Kim a Blaise cuando el camarero se marchó–. ¿Siempre te alojas aquí cuando vienes a París?

–Sí, me encuentro cómodo.

Kim estudió el rostro de ojos azules, marcada estructura ósea y mandíbula fuerte. Si Blaise era atractivo trabajando, lo era diez veces más como acompañante. Llevaba media hora entreteniéndola con su agudo ingenio y una conversación liviana y divertida.

Desde el primer día, Blaise la había impresionado con su inteligencia, humor e ironía. Solía salir con mujeres bellas, independientes y fuertes, mujeres que habían tenido éxito en su campo; se preguntó, no por primera vez, si la encontraría aburrida.

Kim miró la carta. Por suerte estaba en inglés, además de en francés, y constaba de cinco platos con una variada selección. Decidió lo que quería y, cuando alzó la vista, vio que Blaise la miraba.

–Estás muy guapa esta noche, Kim –dijo.

–Gracias –contestó ella con incertidumbre al ver una expresión extraña en su rostro.

El camarero llegó a tomar nota y les sirvió el vino que había pedido Blaise. Kim tomó un sorbo. Era delicioso, con aromas de melón maduro, lima e higo. Ella había dicho que prefería blanco, pensando que le haría menos efecto que cambiar a tinto tras el champán. Pero tras probarlo lo dudó mucho. No era una experta en vinos como Blaise, pero reconocía uno caro.

–¿Te gusta? –le preguntó Blaise, que había hecho la cata cuando el camarero lo sirvió.

–Es maravilloso –tomó otro sorbo y dejó la copa; necesitaba comer al menos dos platos antes de beber más–. Obviamente, entiendes de vinos.

–He descubierto qué me gusta y qué no a lo largo de los años –dijo él con una sonrisa–. Ensayo y error, como todo en la vida.

Ella asintió.

–¿Ha habido mucho ensayo y error en tu vida, Kim? –preguntó con voz suave.

–Algo –sus ojos se ensancharon. No dijo nada más y él escrutó su rostro.

–¿Relacionado con un hombre?

–Sí, pero fue hace algún tiempo –musitó ella, inquieta. Blaise rara vez hacía preguntas personales si no tenían relación con el trabajo.

–¿Cuánto es algún tiempo? –alzó la mano–. Disculpa, no tienes por qué contestar a eso.

–No importa –dijo ella. No quería hablar de David, y menos con Blaise, pero tras lo que él le había confiado sobre Lucy se sentía obligada a decir más–. Algún tiempo es un par de años, fue la ruptura de un compromiso de boda.

–¿Ibas a casarte? –se sorprendió él.

–¿Tanto te extraña?

A ella le irritó su sorpresa.

–Sí, la verdad –alzó la copa de vino–. Hace poco que te conozco, pero pareces una mujer que tendría que estar muy segura de que iba a funcionar antes de dar un paso tan serio.

–No fui yo quien rompió el compromiso –admitió Kim, menos molesta.

–Tiene que haber sido un imbécil –dijo él tras mirar su rostro un momento.

–Pero fue mucho mejor que rompiéramos –Kim se encogió de hombros.

–¿Te resulta doloroso hablar del tema?

–¿Me preguntas si lo he superado? –intentó que su voz sonara neutra–. Por completo. Pero una experiencia como esa te lleva a desconfiar.

–¿De los hombres?

–Exacto –forzó una sonrisa–. Aunque sé que no todos estáis cortados por el mismo patrón.

–Gracias –aceptó él con sequedad–. Sin duda los cotilleos te habrán informado de mi incursión en el matrimonio y su pésimo resultado, ¿no? –lo dijo con sorna, pero Kim percibió que le dolía.

–Sé que estuviste casado y te divorciaste, si es eso a lo que te refieres.

–Discreta y con tacto hasta el fin.

Los ojos de Kim se oscurecieron. No sabía qué había esperado él que dijese.

–Perdona –se excusó–. Es que a veces tengo la impresión de que vivo en una pecera; lo que no saben, se lo inventan. Pero admito que es inevitable, siendo el jefe.

–No por eso está bien ni es justo –comentó ella. Tenía el corazón desbocado por el rumbo que estaba tomando la velada.

–Cierto –sonrió sin ganas–. Al menos, aquella experiencia me enseñó una cosa muy válida.

–¿Cuál? –Kim alzó las cejas.

–Que «amor» no es más que una palabra con menos valor que el papel en que se escribe.

Sus palabras fueron como un jarro de agua fría para Kim, a pesar de saber que era duro y cínico.

–Pero supongo que no hace falta que te convenza de nada, después de lo que has pasado.

–Si me estás preguntando si creo en el amor y en el matrimonio, la respuesta es que sí. Con la persona adecuada, desde luego. Y David no lo era para mí. No sé si encontraré a la persona correcta, pero no permitiré que vuelvan a engañarme.

–¿Cómo puedes estar segura de que no te encontrarás con otro David? Debes de haber creído que lo amabas y él a ti, pero no funcionó. ¿Cómo puedes estar segura de que la historia no se repetirá?

La intensidad de su voz la tomó por sorpresa. Se removió en el asiento. Las conversaciones con Blaise eran como pasear por un campo de minas.

–Supongo que no puedo –concedió–. Nada en la vida es seguro. Podríamos salir de aquí y ser atropellados por un autobús, o el avión de vuelta podría estrellarse o cualquier otra cosa.

–Genial –masculló él, lacónico.

–Pero eso no significa que tengamos que quedarnos aquí. Después de lo de David tuve que decidir qué hacer con el resto de mi vida porque el futuro que había planificado no iba a ocurrir. Comprendí que tal vez nunca conociera a otra persona, pero si ocurre espero ser lo bastante valiente para apostar e intentarlo de nuevo.

–Entonces, ¿admites que sería una apuesta?

–Hasta cierto punto. Pero creo que no cometería los errores de entonces. No confiaría ciegamente, por muy enamorada que estuviera.

Se hizo un silencio. Blaise tenía la mirada perdida y expresión seria.

–Hay algunas apuestas en las que el riesgo es

demasiado alto para que merezca la pena —dijo un largo minuto después con voz inexpresiva.

—Supongo que eso es algo que decide cada mujer y cada hombre —aseveró Kim con calma.

—Es posible, pero cuando una tercera persona puede sufrir las consecuencias es otra cosa.

—¿Te refieres a alguien como Lucy, por ejemplo? —se atrevió a decir ella. Se preguntó si él estaría saliendo con alguien que le interesaba. Alguien que no sabía si le gustaría a Lucy.

—Hipotéticamente hablando, sí —su voz sonó fría—. Los niños no piden nacer en una familia rota. Diablos, ni siquiera piden nacer —calló bruscamente y Kim observó cómo recuperaba el control inspirando profundamente—. He visto uno o dos casos de gente que se ha casado tres o cuatro veces, y ha tenido hijos en cada matrimonio. Algunos de esos niños están tan confusos que apenas saben quién es quién.

—Eso es un caso extremo, no la norma.

—Sí, es cierto —parecía absorto en algún recuerdo que no quería compartir—. Y no creo que lo planearan así; simplemente llegó a serles imposible vivir con quien se habían casado.

—Mucha gente pasa toda la vida con una persona y son muy felices —dijo ella con voz queda—, pero no salen en las noticias como los que rompen. Hay que tenerlo en cuenta.

Él la miró y ella le sostuvo la mirada. Después los rasgos de él se relajaron.

—Aquí llega el primer plato —dijo con naturalidad, como si hubieran estado hablando del tiempo—. *Bon appétit.*

Capítulo 7

DURANTE el resto de la velada, Blaise asumió su papel de acompañante divertido con tanto éxito que Kim no revivió su conversación hasta que estuvo de vuelta en su habitación. Entonces ocupó su mente y le impidió dormir.

A las dos de la mañana, llamó al servicio de habitaciones para que le llevaran chocolate caliente y galletas. Eso la reconfortó, pero cuando volvió a acostarse a las tres, siguió sin dormirse. Pensó, irónica, que de todos los hombres del mundo, había acabado trabajando con el más complicado, enigmático y atractivo. Se dijo que podía manejar la situación. Sin embargo, en las últimas semanas se había implicado en la vida de Blaise más que con cualquiera de sus otros jefes.

Lo extraño era que debería haber ocurrido lo opuesto. Blaise era más despiadado y distante que nadie, excepto en lo referente a su hija. Se preguntó por qué, entonces, la conversación de antes de cenar le había inquietado hasta quitarle el sueño.

«Porque te has enamorado de él».

Kim se sentó de golpe tras pensarlo. No podía ser eso. Se sentía sexualmente atraída por él, como la mayoría de las mujeres. Blaise tenía un magnetismo especial. Pero la lujuria no era amor.

–No es por eso –dijo, necesitando oírse decirlo. Que siempre sintiera el pinchazo del deseo cuando estaba con Blaise, e incluso cuando no estaba con él, no implicaba que lo quisiera. Enamorarse de él sería un suicidio emocional, y ya había sufrido bastante en ese sentido.

Cuando entregase su corazón, tendría que ser a un hombre en quien pudiera confiar; y él tendría que estar loco por ella antes de planteárselo siquiera. No se conformaría con menos. Por eso había decidido forjarse una carrera profesional, porque sabía que tal vez tendría que vivir su vida sin matrimonio y sin hijos.

–No lo quiero –afirmó. Luego gimió. Decirlo no hacía que fuera menos mentira.

Era una idiota. Sin paliativos. Se rodeó las rodillas con los brazos y se meció, luchando contra las lágrimas que le quemaban los ojos.

Cabía la opción de dejarlo. Abandonar el trabajo y West Internacional.

Pero todo en ella rechazaba esa posibilidad. No podía, no era la respuesta lógica. Emocionalmente, no resolvería nada, pues seguiría enamorada de él tanto si se iba como si se quedaba, y dejar un puesto tan fantástico sin una excusa válida arruinaría su carrera, no podía decirle a Blaise la verdad. Tendría que quedarse y superarlo. Tragó saliva con fuerza.

Solo sería un problema si ella lo convertía en uno. Eso era lo que tenía que recordar. Millones de personas se enamoraban y tenían que aceptar que no eran correspondidas; no era tan terrible. Lo superaría como hacía el resto de la gente.

Kim se repitió eso mismo de cien maneras distintas. A las cinco y media, sabiendo que no iba a dormir, se dio una larga ducha, se lavó el pelo y se puso crema hidratante por todo el cuerpo. Podía haber cometido el peor error de su vida enamorándose del hombre menos apropiado de Inglaterra, si no del mundo, pero no por eso iba a dejar de cuidar su aspecto.

A las seis y media bajó a desayunar, no porque tuviera hambre sino porque era mejor que seguir sentada en su habitación, pensando.

Entró en el restaurante, le dijo a la camarera que desayunaría sola y, sin mirar, pasó ante un enorme hombre moreno que ocupaba una mesa para dos.

—¿Kim? —la voz grave de Blaise le hizo detenerse—. ¿Qué haces abajo tan temprano?

—No podía dormir —tartamudeó ella, sonrojándose—. El cambio de cama.

—Yo tampoco podía —asintió él.

Parecía cansado. Kim se preguntó por qué los hombres solían tener un aspecto diez veces más sexy cuando estaban cansados y las mujeres, en cambio, estaban horribles. Algo fallaba ahí. Alegrándose de haberse maquillado un poco, Kim se sentó frente a él.

—He pedido café, pero si tú prefieres té…

—Sí, por favor —sonrió a la camarera, que estaba a un lado, esperando.

—Así que este es tu aspecto a primera hora de la mañana —dijo Blaise sonriendo, cuando se fue la camarera—. Estoy impresionado.

—En realidad no lo es—Kim le devolvió la sonrisa con esfuerzo—. Como he dicho, no podía dormir, así que no es mi aspecto normal.

–No me lo creo –sonó relajado, pero hubo un cambio sutil, casi imperceptible, en su mirada–. Tienes una belleza natural que no necesita ayuda de cosméticos y peinados complicados. Conozco a mujeres que dedican horas a conseguir un aspecto natural y fracasan miserablemente.

Sin duda mujeres con las que había cenado y bebido antes de llevárselas a la cama. Kim sintió un vacío en el corazón, pero su voz no lo demostró.

–¿Cómo sabes que no he estado toda la noche esforzándome para parecer fresca y radiante?

–¿Lo has hecho?

–Bueno, no he podido dormir, pero no. Fresca y radiante no entraban en la agenda. Solo dormir.

La camarera regresó con el té y el café. Fueron a servirse zumo de naranja y cruasanes del bien surtido bufé, y empezaron a desayunar.

El restaurante se llenó en la hora que pasaron allí, pero Kim no era consciente de los demás, solo de Blaise. Le fascinaban y aterrorizaban sus sentimientos por él. Observaba cada uno de sus movimientos, cada cambio de expresión de su atractivo rostro.

Cuando salieron del restaurante y fueron al ascensor, él le puso la mano en el codo y ella sintió que el contacto la quemaba. Aunque era un pensamiento extremo y dramático, tenía la sensación de no haber estado viva de verdad hasta conocer a Blaise. Una parte de ella había estado dormida, David ni siquiera había llegado a rozarla. Por eso era imperativo que Blaise no adivinara lo que sentía. Había creído que la anulación de su boda con David era lo peor que le podía pasar. Pero sería cien veces peor que Blaise le dijera que no tenía ningún interés por ella. Y además se quedaría sin trabajo.

La fuerza de voluntad que le había hecho superar su ruptura con la cabeza alta y una sonrisa en los labios, la ayudó a permanecer serena y compuesta en el viaje de vuelta a Inglaterra.

Tras aterrizar en Heathrow fueron directos a la oficina y el día fue tan ajetreado que no tuvo tiempo para pensar. El resto de la semana fue igual. Por las tardes mantuvo largas conversaciones telefónicas con sus amigos, hizo limpieza del piso y se mantuvo ocupada para no perderse en reflexiones inútiles.

El sábado, Kim se despertó muy temprano. Fue a la ventana; iba a hacer un día glorioso.

No había dormido bien, sobre todo porque la tarde anterior, poco después de llegar a casa, había telefoneado Blaise.

—No hemos quedado para el fin de semana —había empezado, dejando claro que le parecía un despiste por parte de ella. Kim, que tras volver de París había decidido no mencionar el cumpleaños de Lucy y esperar a ver si lo hacía él, se quedó callada, aunque se le aceleró el corazón. La invitación había sido bastante inconcreta: mencionaba que habría barbacoa junto a la piscina, que tenían que llevar bañador y que por la noche habría un grupo de música para bailar. Blaise vivía en Harrow y, teniendo en cuenta la distancia, el poco interés que había demostrado él cuando le dio la invitación y, encima, que ella lo veía como algo más que un jefe, Kim había decidido no ir si no se lo pedía específicamente.

–¿Kim? –sonó irritado–. ¿Has oído lo que he dicho? ¿Habías olvidado el cumpleaños de Lucy?

Kim no lo había olvidado en absoluto. Los dos días anteriores, había dedicado su hora del almuerzo a buscar un regalo para una niña que lo tenía todo, diciéndose que si no iba a la fiesta podría darle el regalo a Blaise el lunes y decirle que le había surgido un imprevisto. Había desechado la idea de comprar ropa; no sabía la talla de Lucy, y la ropa era algo muy personal.

Por fin había encontrado algo apropiado en una diminuta tienda especializada en accesorios para mujeres de todas las edades. Era un reloj de madera; la esfera tenía forma de flor y la correa era de cuentas de madera. Era sencillo, inusual y divertido; la dependienta le había asegurado que su hija, de doce años, tenía varios de distintos colores. Como no conocía los gustos de Lucy, eligió uno en madera natural.

–No, no lo había olvidado –le dijo a Blaise.

–Tenemos que decidir a qué hora te recojo.

–No espero que lo hagas –contestó ella tras una pausa–. Puedo ir por mi cuenta.

–Bobadas –su tono dejó obvio que se estaba cansando de la conversación–. Casi todo el mundo llegará sobre la una, así que te recogeré a las once y media. Estate lista para salir, ¿de acuerdo?

Kim tartamudeó algo y Blaise, con su estilo habitual, concluyó la conversación. Ella miró fijamente el teléfono un minuto, luego se levantó de un salto y empezó a buscar qué ponerse.

Por suerte, gracias a unas vacaciones de verano que había pasado con tres amigas, tenía un fabuloso bikini de color café, con pareo a juego, que sacaba el mejor partido posible a su figura de pecho generoso y cintura estrecha. Sin embargo, no acababa de convencerla para una barbacoa británica junto a la piscina. No porque el bikini no fuera caro o bueno, le había costado una fortuna, era la idea de presentarse tan desnuda ante Blaise lo que le daba pánico.

Pensó que podía llevar puesto el pareo todo el tiempo. De hecho, no tenía por qué ponerse ropa de baño si no quería; no todo el mundo se bañaría. El corte del bikini hacía que sus pechos parecieran más voluptuosos, pero no era peor que cualquier vestido de cóctel. En absoluto indecente.

Miró el vestido que había elegido para la noche. Era el mismo que había llevado a París y no llegó a ponerse. Otra prenda comprada para las vacaciones del año anterior. Había sabido que sus amigas, todas por debajo de un metro setenta, llevarían vestidos de corte imperio con volantes y lazos. Ella no era pequeña y esbelta así que había elegido un vestido de punto de seda dorado, suelto y de cuello caído, consciente de que era seductor y la favorecía. El collar y el brazalete metálicos, estilo Cleopatra, que había comprado al mismo tiempo, eran perfectos para el vestido. Decidió ponérselos porque necesitaba sentirse bien. Aunque le tocara hacer el papel de Cenicienta si Lucy quería vengarse, estaría deslumbrante.

Se obligó a desayunar, aunque no tenía apetito, y estuvo lista mucho antes de las once y media. Blaise llegó puntual y a ella se le aceleró el corazón cuando oyó el timbre del telefonillo. Pulsó el botón con dedos temblorosos.

—¿Hola?

—Kim. Soy yo, Blaise.

—Ahora mismo voy —dijo ella, pulsando la tecla de apertura. Agarró la bolsa y abrió la puerta. Él ya estaba en el vestíbulo, enorme y oscuro contra las paredes pintadas de color crema.

—Hola —sonó suave y al mismo tiempo grave. La miró y ella sonrió, nerviosa—. Tienes un aspecto fresco como una mañana de verano.

Kim no supo si quería decir fresco estilo maestra de cara lavada, o fresco como metáfora de belleza. Llevaba un vestido sin mangas, blanco y estampado con flores gris plateado; le había parecido informal pero lo bastante elegante para una fiesta de cumpleaños. Pero no era como para deslumbrar a nadie. Aparte de que ella nunca podría deslumbrar a Blaise.

—Veo que vives en la planta baja. ¿Tienes jardín? —preguntó él.

Ella no había querido invitarlo a entrar. Por eso había estado lista. Su piso era su refugio. No quería imaginarse a Blaise allí dentro. Sin embargo la cortesía era de rigor.

—No, solo un pequeño patio. ¿Quieres verlo?

Él asintió y se acercó a la puerta. Llevaba una camisa de lino blanco de manga corta, abierta en el cuello, y vaqueros negros y ajustados. Kim pensó que tendría que llevar un cartel colgado del pecho: «Si me tocas, te abraso». Entraron juntos.

—Las puertas de cristal de la sala dan a mi diminuto patio; es más de lo que tienen otros, así que no me quejo —dijo ella. Corrió los visillos de muselina y abrió la puerta. Él miró su trocito de patio, lleno de jardineras en flor, de distintos colores, y de macetas de hierbas aromáticas. En el centro había una pequeña mesa redonda y dos sillones, de hierro forjado.

—Es agradable —dijo él con aprecio—. Dan ganas de sentarse y relajarse.

—Siempre hace sol —dijo ella—. Es perfecto en primavera, otoño y algunos días de verano. Me gusta sentarme aquí a leer.

—Acurrucada como una pequeña gata satisfecha —sonrió—. Puedo imaginármelo.

«¿Pequeña?» Kim pensó que, dado su tamaño, cualquiera era pequeño para él.

—No son asientos grandes —corrigió ella, aunque le encantaba que la considerase sensual y serena como un felino—. Reto a cualquiera a que intente acurrucarse en uno de esos sillones.

—Sinfonía de color en movimiento —musitó él.

—¿Disculpa?

—Tu pelo. He estado intentando decidir de qué color es, hasta que me he dado cuenta de que sería como intentar atrapar rayos de sol y definirlos —alzó una mano y dejó que un mechón se deslizara entre sus dedos—. Precioso…

Ella se quedó inmóvil. La había sorprendido y no sabía cómo reaccionar. Tenía que decir algo agudo y liviano, como haría una de sus sofisticadas mujeres, pero no se le ocurrió nada. Decidió ir a lo seguro.

—Tenemos que irnos si quieres llegar a tiempo de recibir a tus invitados —dijo. Cerró el ventanal.

—Hoy no trabajas, Kim. Limítate a disfrutar como los demás. Y son los invitados de Lucy, no los míos. Ella ha elegido a quién invitaba.

Eso venía a decir que, si fuera por él, ella no estaría invitada. A Kim le dolió el corazón.

–Bueno, pero al menos tendrías que estar a su lado, ayudándola, ¿no?

–Tienes razón –asintió él–. Como siempre. Vamos, mandona –dijo con tono juguetón–. Pero recuerda lo que he dicho. Hoy eres Kim Abbot, invitada a una fiesta. No Kim Abbot, la eficaz secretaria personal, ¿de acuerdo?

–De acuerdo.

Kim subió al Ferrari y sintió una oleada de calor cuando Blaise se acomodó a su lado. Su cercanía la puso nerviosa y no acertó con el cierre del cinturón de seguridad. Él chasqueó la lengua con impaciencia y lo encajó en su sitio.

Ella captó el aroma de su loción para después del afeitado, una sutil mezcla de lima, roble y Blaise, que hizo que el estómago le diera un vuelco. Iba a ser un viaje muy largo.

Capítulo 8

EL trayecto desde el piso de Kim, en Guilford, a Harrow duró menos de una hora, a pesar del caos de tráfico de los sábados, que siempre causaba retrasos. Blaise era un conductor relajado y diestro que maniobraba entre el tráfico con facilidad, controlando el coche sin esfuerzo.

Charlaron de temas varios y Kim se alegró de contestar con normalidad, considerando cómo se sentía por dentro. Blaise tenía razón, tenía que relajarse. Iba a una fiesta de cumpleaños y sin duda habría amigos y conocidos de Blaise, además del círculo de Lucy. Serían sofisticados y ricos y, dada su suerte, las mujeres, elegantes bellezas. Se dijo que bastaba con que consiguiera pasar el día sin caer en desgracia porque no volvería a ver a la mayoría en toda su vida.

Kim había sabido que la casa de Blaise no sería un adosado de cuatro habitaciones, pero cuando el Ferrari atravesó unas enormes verjas y tomó un largo camino de gravilla la sorprendió encontrarse ante una bella mansión del siglo XVIII. Era de tres plantas, con pequeñas ventanas con parteluces bajo aleros y tejas de tono claro, parecido al de la piedra de la construcción. Dos enormes árboles a los lados de la casa ofrecían una agradable sombra y hiedras y glicinias añadían color al conjunto. Daba sensación de paz y tranquilidad sin ser ostentosa. No había imaginado algo así.

–Es preciosa –dijo cuando se detuvieron ante la casa–. Perfecta para criar a una niña.

–Eso creo yo. Después del divorcio, compré un piso a pocas manzanas de la oficina y mi esposa y Lucy se quedaron en la casa que teníamos en Richmond, pero todo cambió tras el accidente. Quería que Lucy tuviera un verdadero hogar.

–¿La casa de Richmond no lo era?

–Era una casa típica de ciudad, supongo. No tenía jardín, pero era muy lujosa. Miranda se enamoró de ella antes de que nos casáramos –se encogió de hombros–. No era adecuada para una familia, en mi opinión.

–Esto es mucho mejor –afirmó Kim. Era la primera vez que él mencionaba el nombre de su esposa y, por ilógico que fuera, le había dolido.

–Me alegra que lo apruebes –sonrió divertido–. Aquí Lucy tiene sitio para jugar. Es buena nadadora y hay una piscina en la parte de atrás, en un anexo que construyeron los antiguos dueños.

Bajó del coche y luego fue a ayudarla a salir del Ferrari y a ocuparse de su bolsa.

–Espero que no te molesten los perros –dijo mientras subían los escalones hasta la puerta–. Tenemos dos labradores y un cocker spaniel, pero lo único que hacen es lamer como locos.

–Me encantan los perros –sonrió ella. Tampoco había imaginado a Blaise como hombre de mascotas; estaba viendo otro lado de él.

–Creo que los niños deben crecer con animales si es posible –dijo él, entrando en un vasto y soleado vestíbulo–. Les da otra perspectiva de la vida. ¿Entiendes lo que quiero decir?

Kim lo entendía muy bien. Pero los animales suponían una atadura y no había creído que Blaise estuviera dispuesto a hacer ese sacrificio.

–¿Qué? –él la estaba observando atentamente–. ¿Qué estás pensando?

Kim parpadeó, ante esa aguda mirada azul se quedó en blanco. Decidió que era preferible decir la verdad a dar alguna excusa.

–No creía que fueras del tipo de hombres que tiene mascotas, pero supongo que son por Lucy.

–¿Eso es lo que supones? –su voz sonó amable pero Kim notó que no le había gustado su respuesta–. Lo cierto es que los dos labradores son míos; me gustan. El cocker spaniel es de Lucy.

No tuvo tiempo de decir más. Una puerta a la derecha se abrió y los tres perros y Lucy salieron al vestíbulo. Kim superó los primeros incómodos minutos con Lucy acariciando a los perros. Después apareció una mujer fornida, de mediana edad, que Blaise presentó como la señora Maclean, el ama de llaves. Tras los saludos, la señora Maclean azuzó a los perros hacia lo que Kim supuso era la cocina.

–Dejaremos que la gente llegue sin que estos tres molesten. Los tendré en la cocina conmigo de momento –se detuvo en la puerta y volvió la cabeza–. Todo está listo junto a la piscina, por cierto, pero me niego a tener nada que ver con esa barbacoa, señor West –miró a Kim–. No entiendo que la gente quiera comer cosas churruscadas ahí fuera, rodeados de moscas. Sobre todo cuando podrían tomar comer dentro, con la ventaja de que sería algo bien cocinado –alzó la barbilla, entró en la cocina y cerró la puerta a su espalda.

–Como has visto, la señora Maclean no siente devoción por comer al aire libre, y menos aún por las barbacoas –comentó Blaise, mientras Kim lo miraba atónita. Le costaba creer que permitiera que su ama de llaves le hablara así. Lucy, sin embargo, estaba riéndose.

–A Mac no le gustan los agujeros en las orejas, el pelo teñido ni las uñas pintadas, se moriría si papá o yo nos hiciéramos un tatuaje –le confió la niña–. Es muy anticuada.

–Pero muy buena con nosotros, jovencita, no lo olvides –le advirtió Blaise.

–Todas la niñas del colegio tienen agujeros en las orejas –Lucy hizo una mueca. Miró los aros de plata que llevaba Kim–. ¿Cuántos años tenías tú cuando te los hiciste?

Kim, consciente de estar en un campo de minas, miró a Blaise compungida y dijo la verdad.

–Me los hicieron en mi décimo cumpleaños.

–¿Ves? –Lucy apretó los puños contra sus inexistentes caderas–. Soy la única niña de todo el colegio, seguramente del mundo, que aún no se ha agujereado las orejas.

–No vamos a tener esta discusión de nuevo, y menos ahora –Blaise sonó muy firme–. Kim es tu invitada y tendrías que estar ocupándote de ella, no poniéndola en un compromiso.

Kim esperaba una explosión tras lo que había visto de la hija de Blaise en el hospital. Sin embargo, Lucy la miró compungida.

–Perdona –le dijo–. ¿Quieres que te enseñe todo

mientras papá contesta a sus llamadas? –se volvió
hacia su padre–. Ha habido tres. Mac estaba haciendo los postres, así que yo me he ocupado del teléfono. Las he apuntado en la libreta de tu despacho
pero una era urgente. De... –arrugó la nariz–. Robert Turner, Fábricas Turner.

–Diablos, ¿qué pasará ahora? –Blaise miró a
Kim–. ¿Te importa?

–Me encantaría que Lucy me enseñara todo –
mintió Kim alegremente.

Un par de minutos después, su opinión de la hija
de Blaise cambió. Lucy sugirió que fueran primero
a su dormitorio, para que Kim dejara sus cosas para
cambiarse allí después si quería nadar.

–Gracias por no decirle nada a papá –dijo Lucy
sin más preámbulos en cuanto entraron a la enorme
habitación blanca y rosa.

–¿De qué? –Kim seguía sin fiarse.

–De lo grosera que fui contigo el otro día. Estaba furiosa, supongo. Mac y papá siguen tratándome
como si fuera un bebé. ¡Como si no pudiera esperar
sola en el coche de papá!

–No creo que fuera por eso –dijo Kim con gentileza–. Creo que le preocupaba que te sintieras mal
porque era un hospital, nada más.

–Le dije que no pasaría nada.

–Pero es tu padre y te quiere. Mi padre sigue
siendo así conmigo y tengo veinticinco años.

–¿En serio? –Lucy la miró.

–En serio.

Kim miró a su alrededor. La habitación era de ensueño. Había dos camas, con cojines blancos y rosas, y
el suelo estaba cubierto por una mullida alfombra. Las

paredes eran blancas, pero el techo era un mural de nubes, pájaros y mariposas sobre fondo de cielo azul. Una pared estaba cubierta de estanterías con peluches, muñecas y libros, en la otra había una mesa de ordenador, escritorio y silla y multitud de juegos. En una esquina había una enorme casa de muñecas, una réplica de la casa de Blaise. También tenía vestidor y baño privado. Kim pensó, apenada, que tenía cuanto una niña podía desear excepto lo más importante: una madre.

Para cuando Lucy le hubo enseñado casi toda la casa, charlaban con toda naturalidad. Blaise se reunió con ellas justo cuando Lucy iba a enseñarle la piscina y el jardín.

La piscina, como el resto de la casa, era impresionante. Tenía el techo deslizante, en ese momento abierto al sol, y unas enormes puertas de cristal daban paso a una terraza bordeada con tiestos de cerámica y con muebles de mimbre; más allá se extendía el resto del jardín. A un lado de la piscina había una bien provista barra de bar.

—Ay, casi se me olvida —Kim sacó el regalo y la tarjeta de Lucy del bolso—. Feliz cumpleaños.

Lucy le dio las gracias con cortesía, pero su rostro se iluminó cuando abrió la cajita.

—Es fantástico, Kim. Fiona Harcastle tiene uno como este, son chulísimos —dijo, encantada. Se quitó el reloj de pulsera de oro para ponérselo.

—No creo que sea resistente al agua —le advirtió Kim con una sonrisa.

—Es genial; voy a enseñárselo a Mac —se marchó corriendo.

—¿Quieres una copa de vino antes de comer? —ofreció Blaise, señalando uno de los sillones.

–Debes de tener mucho que hacer –dijo Kim rápidamente–. No te preocupes por mí.

–No estoy preocupado –tenía los ojos entrecerrados contra el sol y su cabello negro y piel bronceada parecían más oscuros contra el blanco de la camisa–. Y no hay nada que hacer. La gente irá llegando poco a poco y muchos querrán darse un baño antes de comer. Todo el mundo se sirve la bebida y eso; es muy informal.

–Entiendo. Entonces me encantaría una copa de vino, gracias.

Mientras se sentaba en el sillón que había señalado Blaise, él fue a por una botella y dos copas. Se sentó a su lado, sirvió el vino y le dio una copa. Kim lo probó y le agradó descubrir que estaba fresco y tenía un cierto sabor cítrico.

–Me alegro de que pudieras venir hoy, Kim – dijo él. Ella alzó la cabeza y se encontró con los ojos azules que habían estado mirando su melena.

Le sorprendió su tono. No parecía contento.

–Cuando Lucy quiso invitarte, me pareció que venir te daría una idea de mis circunstancias, lo que es importante para una secretaria.

Ella percibió que algo había cambiado desde el principio de la mañana. Se preguntó qué podía haber hecho mal.

–Muchas mujeres se harían una idea equivocada respecto a la invitación, pero sé que tú eres demasiado sensata para imaginar…

Ella comprendió, incrédula, que estaba advirtiéndole que no se hiciera ideas sobre él. El genio de Kim tardaba en aflorar, pero cuando lo hacía, era imparable.

–¿Imaginar? –repitió con voz empalagosa, alzando las cejas y decidiendo devolvérsela.

–No creo en mezclar el trabajo y el placer.

–Espero que no –dijo con voz gélida–. El acoso sexual es algo muy feo.

–No me refería exactamente a la intimidación sexual o física –el rostro de Blaise se tensó.

–¿No? ¿A qué te referías exactamente? –mantuvo la voz fría, aunque por dentro le lanzaba insultos que habrían hecho que su madre se desmayara. Lo único que le impedía tirarle el vino a la cara y llamar a un taxi era que el muy cerdo parecía incómodo; eso y que lo quería.

–No importa.

–De acuerdo –esbozó una sonrisa digna de la mejor actriz y tomó un sorbo de vino como si la conversación no la hubiera inmutado.

Él parecía anonadado y Kim pensó que se lo merecía. Era obvio que no sabía si ella había entendido su insinuación. Bien pensado, eso era tan insultante como decirle que se olvidara de él.

Sus miradas se encontraron y los ojos de ella debieron reflejar su ira porque la expresión de él cambió y se inclinó hacia ella.

–Kim, no estaba insinuando… –movió la cabeza–. Es solo que yo no me involucro. Las mujeres con las que salgo lo saben…

–¿Por qué me estás diciendo esto, Blaise? –le interrumpió Kim. Era lo mejor de tener genio; los años de bromas y burlas que había soportado en la adolescencia le habían demostrado que, bien controlada, la ira le daba fuerzas para decir cosas que normalmente no diría–. No quiero ser grosera, pero eres mi jefe, nada más, y hay cosas que no me parece apropiado comentar contigo.

—Si te he ofendido, te pido disculpas —dijo él con voz tan tensa como la de ella.

—No me has ofendido —mintió con calma—. Pero creo que hay líneas que no se deben cruzar cuando se trabaja con alguien.

Lucy llegó un segundo después y Kim podría haberla besado de alivio. La expresión de Blaise era digna de verse, le había dado miedo.

—Es Robert Turner otra vez —dijo Lucy—. Papá, vas a decirle que es mi fiesta de cumpleaños y que no llame más hoy, ¿verdad?

La máscara que Kim había visto adoptar a Blaise múltiples veces había ocupado su lugar en cuanto apareció Lucy; se levantó sonriente y acarició el pelo de su hija.

—Le repetiré esas mismas palabras —le prometió—. Creo que he oído un coche. Serán tus invitados.

A partir de ese momento, las llegadas se sucedieron. Una hora después, la zona de la piscina y la terraza estaba llena de niños y adultos que reían y charlaban, dispuestos a pasarlo bien.

Cuando Kim vio que la mayoría de los invitados usaba la piscina y que incluso los que no lo hacían iban en bañador o pantalones cortos, subió al dormitorio de Lucy a cambiarse. Le horrorizaba lo que le había dicho a Blaise, pero no tenía remedio. Además, se merecía cada palabra. Lo que no sabía era cómo había cometido la temeridad de decirlo y cómo iba a relacionarse con él durante el resto del día. Se puso el bikini y se ató el pareo a la cintura.

Desde la ventana de Lucy, miró la terraza y el

jardín. Había muchísima gente. Era cierto que uno se podía sentir muy solitario entre una multitud y tenía la horrible sensación de no encajar allí. No debería haber ido, había sido una estúpida.

Pronto comprobó que los invitados de Blaise eran muy amables. Había sentido vergüenza al bajar, sintiéndose casi desnuda, pero cuando llegó a la zona de la piscina, una mujer le tocó el brazo.

–Hola, creo que no nos conocemos. Soy Cassie, la madre de Fiona. Lucy y Fiona son amigas del alma, por si no lo sabías.

–Pues no –Kim le devolvió la sonrisa, agradecida–. Soy Kim, la nueva secretaria de Blaise, así que aún no conozco a nadie.

En parte eso era por culpa suya. Blaise le había ofrecido presentarle a la gente, pero aún estaba molesta y lo había rechazado diciendo que prefería conocer a los invitados a su ritmo.

Cassie la incorporó a su grupo, compuesto por los padres de un par de amigas de Lucy y varios amigos de Blaise. Era obvio que todos se conocían bastante bien, pero Kim se sintió cómoda enseguida. Seguramente ayudó que un miembro del grupo, un hombre alto y delgado, de su edad, que se parecía a Brad Pitt, le prestara una buena dosis de atención.

Eventualmente, consiguió apartarla de los demás y acabaron sentados en dos hamacas bebiendo margaritas que Jeff, su admirador, había preparado. Lo cierto era que no había tenido que esforzarse demasiado para conseguirlo. Blaise estaba ocupado en la barbacoa, pero le había visto mirar al grupo de reojo y Kim había pensado, con acidez, que era para asegurarse de que no seducía a uno de sus amigos. Fue una gran satisfacción para ella poder ignorarlo y bromear y flirtear con Jeff, que tenía un gran sentido del humor y la gran cualidad de saber reírse de sí mismo. En un mundo anterior a Blaise West, Kim podría haberse enamorado de Jeff sin problemas.

Tras dos margaritas, Kim agradeció el plato de comida que Jeff le llevó. Había decidido pasarlo bien. Estaba segura de que nunca volvería a ir allí, y tampoco lo deseaba, después de lo que Blaise había insinuado. No entendía cómo se había atrevido a pensar que ella podía haberse tomado la invitación de Lucy como una indicación de que tenía un pie dentro de la casa, o más bien el cuerpo en su cama, pero la había ofendido que achacara intenciones ulteriores a su presencia en la fiesta.

Mientras bromeaba y charlaba con Jeff, daba gracias a Dios por no haber dado ningún indicio de estar enamorada de él. La terrible conversación había sido producto del colosal, gigantesco ego de Blaise, y lo odiaba por ello. Por desgracia, eso no paliaba su amor.

Lucy y Fiona se reunieron con ellos a media tarde y le hablaron de los chicos que les gustaban, de sus estrellas de pop favoritas y de lo vital que era para la autoestima de una chica tener agujeros en las orejas. Mientras Jeff, divertido, escuchaba en silencio, Lucy le suplicó a Kim que persuadiera a Blaise para que le dejara ponerse pendientes.

–¿Por favor, Kim? –suplicó con enormes ojos azules–. Estás con él todo el tiempo, te escuchará.

–Lucy, solo trabajo para tu padre –protestó Kim, preguntándose qué estaría pensando Jeff.

–Lo sé, pero eso significa que estás con él más tiempo que nadie.

Kim supuso que era verdad.

–¿Me prometes decirle algo si tienes oportunidad? –insistió Lucy–. Puedes decirle que todas las chicas de mi clase tiene agujeros.

–Algunas tienen dos –aportó Fiona, ladeando la cabeza para demostrarle que era una de ellas.

–Vale, vale, ya basta –Kim se echó a reír.

–Dale un respiro a la dama, Lucy –dijo Jeff, inclinándose hacia la niña, risueño.

–Veo que lo pasáis bien –dijo una voz grave–. Una barbacoa es genial para romper el hielo.

–Hola, Blaise –Jeff sonrió a su anfitrión, sin notar lo acerado de su sonrisa–. Una gran fiesta, como siempre. Me cuesta creer que Lucy tenga ya diez años. ¿Qué hemos hecho con el tiempo?

–Algunos hemos trabajado duro –dijo Blaise.

Kim dio un respingo para sí. Jeff le había contado que era poco menos que un playboy; su padre, uno de los socios de Blaise, era muy rico y controlador; no le importaba que su hijo se gastara los millones que él ganaba, siempre y cuando no metiera las narices en sus negocios.

–Ya me conoces, Blaise –dijo Jeff sin inmutarse–. Eso de todo trabajo y nada de placer no es mi estilo. Pero apruebo tu gusto a la hora de elegir secretarias.

–Ya lo he notado.

Kim decidió intervenir. No le hacía gracia que hablaran de ella como si no estuviera allí.

–Es una barbacoa muy agradable, Blaise –dijo–. Y la primera a la que voy en la que me sirven caviar.

–¿En serio? –dijo Jeff–. Tendré que ver si puedo cambiar esa forma provinciana de vivir.

–No intentes arrebatarme a mi secretaria ahora

que acabo de encontrarla –la boca de Blaise sonreía, pero su mirada era letal. Incluso Jeff notó su gelidez.

Lucy, con inocencia infantil, puso fin a lo que podría haber sido una situación difícil.

–¿Has terminado ya en la barbacoa, papá? Prometiste bañarte con nosotras cuando acabaras.

–Estoy a tus órdenes.

Blaise sonrió a su hija con ternura y Kim sintió una punzada en el corazón. Su esposa debía de haber estado loca para ser infiel teniendo un esposo como él y una hija a la que ambos querían. Su infidelidad había convertido a Blaise en un cínico. Excepto con Lucy.

Su pensamiento tomó un rumbo más carnal cuando Blaise se quitó la camisa y la dejó en una silla. Siguieron los vaqueros, revelando un bañador negro y ajustado. Kim no pudo evitar mirarlo. El musculoso torso, los fuertes brazos y muslos y el vello que descendía desde su pecho, afinándose hasta perderse dentro del bañador le hicieron tragar saliva.

Era magnífico. Un animal solitario y orgulloso que sobresalía en la manada. Aunque era muy inapropiado tras los comentarios de Blaise horas antes, un nudo de deseo hizo que su vientre se tensara de pura excitación sexual.

–¿Te apetece un baño? –Blaise la miró.

Lo que le apetecía no era precisamente chapotear en agua fría, pero como eso podría calmarla, Kim asintió. De inmediato, Jeff se puso en pie y le ofreció la mano al mismo tiempo que Blaise. Sintiéndose ridícula, como un hueso entre dos perros, Kim se puso en pie ella solita.

–Cobarde la última que se tire al agua –retó a Lucy y a Fiona.

Capítulo 9

DURANTE toda la tarde, Kim se recordó que la tensión existente entre Blaise y ella era culpa de ambos. Él no tendría que haber sacado conclusiones erróneas pero, de hecho, ella no había podido resistirse a ver cómo vivía. Y él le había dado la oportunidad de contestar con un cortés «no, gracias» al entregarle la invitación de Lucy.

Gradualmente la gente fue entrando en la casa para vestirse para cenar. Por lo visto, había seis habitaciones de invitados que se utilizaban con ese fin y el proceso era muy relajado y distendido.

Lucy y Fiona escoltaron a Kim al dormitorio de Lucy y, después de ducharse, las tres lo pasaron genial vistiéndose y arreglándose para el baile y la cena, más formales. Kim acabó haciendo a las niñas un divertido peinado hacia arriba, formando picos con gel y decorándolo con plumas de una vieja boa de Lucy. Otro par de amigas llegaron cuando acababa; pronto tuvo una fila de niñas de diez años esperando turno.

Justo cuando Kim acababa el último recogido, Blaise asomó la cabeza.

–¿Qué demonios…? –empezó. Calló al ver a las niñas muertas de risa, con Kim en el centro.

–Kim nos ha estado peinando, papá –Lucy co-

rrió hacia él con su cara de duendecillo resplande-
ciente–. Y nos hemos pintado las uñas, mira –le
mostró las manos para que las viera.

–Es solo por esta noche –se defendió Kim–.
Puedo alisarles el pelo antes de irme y le he dado a
Lucy un frasco de quitaesmalte.

–Estás fantástica, tesoro –miró a Lucy y ella le
sonrió–. Todas lo estáis. Pero la gente está preguntando dónde están la niña del cumpleaños y sus
amigas, así que será mejor que bajéis ya.

–Vale –Lucy salio como un vendaval; las plumas rosas se agitaron en el aire, aunque el resto de
su cabello siguió tieso. El resto de las niñas la siguieron. Blaise detuvo a Kim cuando iba hacia la
puerta.

–Espera un minuto –pidió.

Ella se preguntó si iba a regañarla por corromper
a su hija o a acusarla de intentar engatusar a Jeff.

–No te pongas a la defensiva –estiró el brazo y
le apartó un mechón de pelo de la mejilla. Kim tuvo
que controlarse para seguir inmóvil–. Solo quería
decirte que estás preciosa esta noche.

–Gracias –contestó con cierta rigidez.

–Y pedirte disculpas por lo que dije antes.

Kim lo miró. Llevaba pantalones oscuros y una
fina camisa de seda, bastante holgada. Estaba devastador: sexy, duro y estremecedoramente masculino.
Sintió la tentación de ponérselo fácil, pero estaba
harta de ser la buena y comprensiva Kim, que se so-
breponía a los golpes. Ya había aguantado suficiente
del sexo masculino. Había sido grosero y presuntuo-
so; una disculpa y una sonrisa no era suficiente.

–¿A qué te refieres? –enarcó las bien definidas

cejas, como si no lo recordara o le tuviera sin cuidado. Ambos sabían que no era el caso.

—Me pasé de la raya —se echó el pelo hacia atrás
con la mano. El gesto habría sugerido inseguridad
en cualquier otro hombre, pero Kim se dijo que
Blaise West no sabía lo que era eso. Sus siguientes
palabras la dejaron sin aire—. No te estaba hablando
a ti, sino a mí mismo. Desde el día en que entraste
en mi despacho me has… inquietado, y no me gusta.

Kim se habría pellizcado para comprobar que no
estaba soñando. Pero estaba despierta y Blaise acababa de decir que le inquietaba.

—Lo siento —musitó débilmente.

—Mi matrimonio fue un desastre, como estoy seguro que habrás adivinado, pero tuvimos a Lucy y
habría seguido adelante solo por ella. Miranda tenía
otras ideas. Cuando se marchó, se llevó a Lucy, no
porque quisiera tenerla; no la quería. Igual que su
madre, ni entendía a los niños ni le gustaban, ni siquiera su propia hija. Pero sabía que quitarme a
Lucy era un golpe bajo que además le garantizaría
el sustento. Así que se hizo pasar por madre devota
ante los tribunales y por más que hice, y fue mucho,
le concedieron la custodia. Me convertí en un padre
de fin de semana… cuando tenía suerte. Con fre-
cuencia, salía con alguna excusa para que no reco-
giera a Lucy. Me impedía ver a mi propia hija y eso
entraba dentro de la legalidad, increíble.

Calló bruscamente y Kim vio cómo luchaba por
recuperar el control. Comprendió que seguía sintiendo ira y amargura.

—Mi esposa tenía la moral de un gato callejero y

sin embargo fui yo el castigado cuando se marchó, solo porque no le costó nada mirar al juez a los ojos y jurar que el blanco era negro. Yo pensaba que me había ido bien; era rico y había creado un entorno en el que yo y los míos estábamos seguros y a salvo, pero eso no valió nada comparado con las lágrimas de una mujer. Así que mi hija acabó en manos de una persona que apenas la conocía: su madre. No recuerdo que Miranda le cambiara el pañal más de media docena de veces, y esas porque tenía visita; nunca le leyó un cuento, ni la bañó… –hizo una pausa–. No hizo nada de lo que hace una madre por la hija a la que quiere –concluyó.

Kim comprendió que estaba diciéndole que nunca volvería a confiar en una mujer ni se pondría en una situación en la que pudiera ser vulnerable. O, más importante aún, en la que hubiera niños vulnerables de por medio.

–No todas las mujeres son como Miranda.

–Lo sé –sonrió, pero sus ojos azules no se iluminaron–, pero una incursión en la convivencia me bastó para aprender que, si una mujer quiere algo, será lo que haga falta ser hasta conseguirlo.

–Creo que estás siendo injusto con muchas mujeres –dijo Kim, que no podía dejar pasar eso sin más, por muy dolido que estuviera Blaise. Su dolor era comprensible. Abandonado por su madre biológica, sus padres adoptivos fallecidos en un accidente y luego una sucesión de familias de acogida; no era el mejor principio, sin duda.

–Seguramente tienes razón –dijo él, sin defenderse–, pero es lo que siento. Cuando recuperé a Lucy, me juré que no volvería a seguir ese camino. En consecuencia –hizo una pausa y la miró a los ojos–, busco a mujeres que quieren lo mismo que yo: relaciones sin complicaciones ni ataduras. Amistad, por supuesto, así como respeto por los sentimientos y el cuerpo del otro.

–Entiendo –Kim parpadeó.

–No te equivoques. Me gustan las mujeres. Mucho. No hay nada más natural que compartir la vida y la cama con alguien que te importa y con quien estás a gusto. Pero solo hasta que la chispa se acaba. Semanas, meses, lo que sea. Y antes de que haya lágrimas, arrepentimiento o recriminaciones.

Kim lo miró fijamente. Hablaba en serio. Se le encogió el estómago pero su voz no lo denotó.

–Encuentro eso... bueno, muy frío, supongo.

–Tienes razón, lo es. También es lógico y sensato. La idea del amor suena bien en un libro o una película, pero no funciona en el mundo real. Hombres y mujeres se interponen. Inevitablemente alguien recibe más y alguien da más. Las cosas se distorsionan y aparecen fisuras.

–Yo no lo creo –lo miró desafiante.

–No esperaba que lo hicieras –sonrió y sus ojos se iluminaron–. Eres una auténtica romántica. Espero que encuentres lo que estás buscando, Kim.

Él lo dijo con amabilidad y sin malicia, pero eso lo empeoró aún más. Fue como un puñetazo en el estómago. Ella no quería que le deseara suerte en su búsqueda, quería que la quisiera.

–¿Y Lucy? –preguntó–. ¿Vas a animarla a ir de hombre en hombre cuando crezca? ¿A aconsejarle que no se case y no tenga una familia?

–¿Qué?

–Acabas de dejar muy claro lo que sientes res-

pecto a las relaciones. Con unas ideas tan firmes, supongo que le dirás a Lucy que las relaciones permanentes están malditas, cuando sea más mayor, claro.

–Hablaba de lo que siento yo. No tiene nada que
ver con Lucy. Ella decidirá por sí misma.

–¿En serio crees que no la influenciarás? –Kim
movió la cabeza–. Eso es un poco ingenuo, ¿no?

–No metas a Lucy en esto –su voz sonó gélida.

–Tiene diez años, Blaise, y crece deprisa. Dentro
de unos años empezará a salir con chicos, ¿qué pasará si sus novios piensan como tú?

–Que no vivirán mucho.

–¿Esa es la conclusión final del razonamiento
que consideras lógico y sensato? –Kim supo que lo
había atrapado, aunque no la complació devolverle
la puya que él había lanzado. Sintió la tensión que
irradiaba y supo que estaba jugando con fuego.
Pero se negaba a dejarle ganar la partida sin más.

–Mira, Kim, no quiero discutir contigo.

–¿Quién está discutiendo? –por primera vez desde que lo conocía, Kim se sintió segura de sí misma. Eso cambió cuando él se acercó, agarró sus
brazos y los sacudió levemente.

–Intento ser honesto contigo, nada más –dijo
con voz ronca–. Hay algo entre nosotros, química,
atracción física. Lo sabes muy bien. Y para alguien
como yo, que separa el trabajo del placer, es inespe-
rado e indeseado. ¿De acuerdo?

Ni en sueños habría creído que Blaise podía sentir atracción por ella. Era como desear el regalo más
caro del mundo y encontrarlo bajo el árbol el día de
Navidad. Pero ni ella era una niña, ni Blaise era
Santa Claus. Lo miró. Química y atracción física,

había dicho, y eso le parecía mal. Se preguntó cómo reaccionaría si supiera que ella lo quería.

–Estoy de acuerdo –tragó saliva–. Mi ética de trabajo coincide con la tuya.

–Bien. Al menos ahora que está dicho podremos enfrentarnos a ello –dijo él, sin soltarla y mirando su boca.

–Exacto –asintió, temblorosa. Le latía el corazón con tanta fuerza que casi le dolía.

–Kim… –su cabeza descendió lentamente. Ella supo que tendría que retroceder, mover la cabeza, hacer algo. Pero quería que la besara y no podía pensar más allá de eso.

Posó la boca en la suya. Sus labios eran cálidos y firmes. Por primera vez en su vida, Kim entendió lo que quería decir la gente cuando afirmaba que el mundo se tambaleaba sobre su eje. Tuvo que agarrarse a él.

Él presionó más, entreabrió sus labios y tanteó el interior de su boca con la lengua. La acercó más y ella sintió cuánto la deseaba. La evidencia de su deseo era excitante y extraña.

Kim se apretó contra él; oyó su gruñido con un escalofrío de triunfo y aceptó su lengua con avidez. Se balancearon juntos y cuando las manos de él bajaron de sus hombros, por encima de sus senos hasta su cintura, supo que él debía de notar su temblor.

El calor de su cuerpo acentuó el sutil aroma de su perfume de magnolia y vainilla, uniéndose al de su piel. Eso excitó aún más a Blaise. Ella rodeó su cuello con los brazos y echó la cabeza hacia atrás para facilitarle el acceso a su boca. Entonces, en la distancia se oyó una voz.

–¿Papá? Papá, venga. ¿Dónde estás? Mac ha sacado la tarta.

–Lucy –musitó él, ausente. Se estremeció y luego se enderezó y retrocedió un paso. Ella sintió la pérdida en cada fibra de su ser–. ¡Diablos! –la miró casi con asombro–. Este es su dormitorio, podría haber entrado en cualquier momento.

Kim se bamboleaba levemente. Aunque su vida hubiera dependido de ello, no habría podido moverse o hablar en ese momento. Nunca antes se había sentido así; no se reconocía. Una llama ardía en su interior y solo deseaba tocarlo y sentir cómo él la tocaba.

–Será mejor que vayas –consiguió musitar–. Yo bajaré en un minuto. Necesito… Mi maquillaje –farfulló.

Él asintió. Se miraron y ella vio en su rostro desagrado por lo que consideraba una pérdida de su control. Lo vio en la tensión de su mandíbula y en cómo sus ojos se oscurecieron cuando controló su pasión. Ella estaba atónita y asustada por la fuerza de sus sentimientos. No entendía cómo había reaccionado así cuando él acababa de decirle que no creía en el amor, la convivencia o las relaciones permanentes. Había dejado claro que buscaba sexo y compañía de sus mujeres, nada más. Y ni siquiera quería eso con ella. No le gustaba mezclar trabajo y placer.

–Te veré abajo –Blaise fue hacia la puerta, salió y cerró la puerta a su espalda.

Kim se quedó un minuto parada donde estaba. Después fue al baño y gimió al mirarse en el espejo. La mujer de ojos brillantes y labios hinchados que veía tenía aspecto de haber sido besada, y bien. No podía bajar así.

Se echó agua fría en el rostro y luego apoyó la frente en el espejo, intentando recuperar el control Tenía que retocar su maquillaje y peinarse. Se oía al grupo de música tocar y la gente entonaba el *Cumpleaños feliz*. Obviamente, habían sacado la tarta. Todos lo estaban pasando bien y no la echarían de menos.

Poco a poco, se recompuso. Se lavó el rostro y se maquilló de nuevo. Luego, se cepilló el pelo y volvió a recogerlo hacia arriba.

Estaba lista. Aparte de una leve hinchazón en los labios, parecía ella misma. Pero nunca volvería a serlo. Debería haber sabido que besarlo lo cambiaría todo. Apretó los ojos con fuerza, pero eso no borró la verdad. Solo hacía un par de meses que lo conocía, pero era un amor de los que solo surgían una vez en la vida y él nunca lo correspondería. Se preguntó qué hacer.

El bullicio abajo se incrementó cuando el grupo empezó con una pieza de rock. Kim nunca se había sentido tan sola.

No podía seguir trabajando para él. Para empezar, él no lo desearía. Habían cruzado una línea invisible y ambos los sabían.

Tendría que renunciar al puesto, era la única opción posible. Sintió una intensa punzada de dolor. Sería demasiado incómodo seguir trabajando con Blaise tras lo ocurrido. Y tenía que hacer un esfuerzo por pasar el resto de la velada aparentando normalidad.

Inspiró profundamente y cuadró los hombros. Podía hacerlo. Había sobrevivido a lo de David con la cabeza muy alta. Era hora de otra actuación digna de un Oscar.

Capítulo 10

CUANDO Kim bajó la escalera, encontró a Jeff esperándola como un perrito ansioso. Kim lo bendijo por ello.

—Estás fantástica. ¿Cómo es que ningún hombre afortunado ha conseguido atraparte aún?

—Puede que no desee que me atrapen —con tacones era igual de alta que él y, por un instante, la asaltó la imagen de Blaise, que la sobrepasaba con creces. Desechó la imagen y se agarró al brazo de Jeff—. Me iría bien beber algo.

El grupo de música estaba en el jardín y las mesas y sillas de la terraza habían sido trasladadas allí, dejando sitio para bailar. Lucy le había dicho que a las diez la señora Maclean iba a servir un bufé frío y caliente en el comedor, pero había cuencos con aperitivos en todas las mesas y en la barra, junto a la piscina. Había botellas de champán en cubiteras de hielo para que cada cual se sirviera a su gusto, así como un bar bien surtido. Era un ambiente relajado e informal.

Al menos para los demás. Kim estaba nerviosa e inquieta. Vio a Blaise de inmediato; con sus casi dos metros de altura, sobresalía en cualquier multitud. Tenía una copa de champán en la mano y hablaba con una pareja joven al otro lado del jardín; parecía cómodo y entretenido.

Kim lo odio durante un momento. Él estaba tan tranquilo y ella tan horrible. La emoción le provocó una descarga de adrenalina que le dio fuerza para recibir a Jeff con una deslumbrante sonrisa cuando llegó con una copa para ella.

Durante las dos horas siguientes, Kim sonrió, bailó y tomó dos copas más de champán. Nadie que la viera habría adivinado que tenía el corazón hecho trizas.

Lucy y el resto de las niñas gravitaron hacia ella en distintos momentos. Acababa de enseñarles a todas los pasos y movimientos de una antigua pieza de pop, entre risas y aplausos, cuando Blaise apareció a su lado. Acababa de dejarse caer en una silla, tras despedir a las niñas con la promesa de que volvería a bailar con ellas después de cenar.

–Es la primera vez que te veo sola en toda la noche –dijo Blaise, acercando una silla–. ¿Dónde está el guardaespaldas?

–Si te refieres a Jeff, ha ido a por algo de beber –dijo ella fría. Estaba acalorada y no era el momento que habría elegido para verlo de nuevo.

–Lucy lo está pasando muy bien –estiró sus largas piernas y dejó la copa en la mesa. La seda de su camisa brillaba a la luz de las lámparas que colgaban de los árboles.

Ella captó su aroma y se derritió por dentro. Intentó pensar en algo que decir, sin éxito.

–Eres fantástica con ella. Con todas –la miró–. Apuesto a que los niños y los animales te adoran, ¿verdad?

Justo cuando acabó de hablar, Kim sintió una nariz fría y húmeda rozar su mano. Uno de los labradores de Blaise apoyó la cabeza en su pierna.

–La mayoría –contestó, contenta de que el perro le diera algo que hacer con las manos.

–Kim, lo de antes ha sido culpa mía y lo siento. Diablos, no dejo de pedirte disculpas.

–No son necesarias –esperó que la tenue luz no revelara el rubor que teñía sus mejillas–. Los dos sabemos que ha sido una de esas cosas que pasan. No significó nada. Olvídalo.

–Lo he estado intentando, pero no es fácil.

Ella rezó para que no hiciera eso, para que no flirteara. Podía soportar sus amargos puntos de vista sobre la vida y el amor, e incluso un futuro tras dejar West Internacional, pero que Blaise se pusiera encantador era demasiado. Su voz grave y profunda hacía vibrar sus nervios como si fueran las cuerdas de un violín. Se dijo que él estaba jugando con ella, disfrutando de la diversión una bonita noche de verano.

–Lo dudo –dijo con voz cortante.

–Nunca digo cosas que no creo, Kim.

Sonó irritado, no encantador. El perro también debió de notarlo, porque se escabulló. Sin embargo Kim no iba a dejarse intimidar, prefería su mal genio a que jugara con ella.

–Bueno, independientemente de lo que hagas o no, acordamos que esta… inconveniente situación es imposible. Trabajo para ti.

–¿Y si no lo hicieras?

Ella ya lo había pensado, pero se había recriminado por ello. Si Blaise aún la quería cuando dejara el puesto, sería un suicidio emocional involucrarse. Él disfrutaría de una breve aventura y ella quedaría destrozada.

–Daría igual –dijo.

–Sí, tienes razón. Claro que la tienes.

Desde luego que la tenía. Cuando él la dejara, sin mirar atrás, se moriría por dentro.

–El guardaespaldas vuelve con expresión determinada –dijo Blaise, con tono ácido.

Como él no tenía derecho a objetar, Kim recibió a Jeff con calidez. Jeff se sentó con ellos y le dio una copa de champán.

–¿La has visto con las niñas? –hablaba como si Kim y él ya fueran pareja–. ¿No ha estado fantástica?

–Asombrosa –farfulló Blaise secamente.

–Con lo bien que se te dan los niños, tendrías que ser maestra de escuela –siguió Jeff–. O tal vez no: todos los niños se enamorarían de ti y no podrían concentrarse, y todas las niñas querrían ser como tú. Causaría problemas. Pero me encantaría ser uno de los niños.

–Necesito organizar el bufé –dijo Blaise, poniéndose en pie bruscamente–. La señora Maclean espera para empezar a servirlo.

–Bien –Jeff se volvió hacia Kim. Era obvio que le importaba poco la presencia de Blaise–. ¿Te apetece otro baile antes de cenar?

A Kim no le apetecía nada. Su última sesión con la niñas la había agotado, pero sonrió con calidez. Se puso en pie, aceptó su mano y se alejó de Blaise.

El bufé frío y caliente de la señora Maclean era excepcional, pero Kim no pudo hacerle justicia. Picoteó un poco, conversó y rio con Jeff y sus amigos, pero estaba muy cansada y quería irse a casa. Era más cansancio del alma que del cuerpo. Necesitaba estar en un lugar tranquilo, a solas. Después de cenar, cumplió su promesa y bailó con Lucy y sus amigas la canción pop que les había enseñado antes. Luego la música se volvió lenta y quedó claro que Blaise iba a poner término a la fiesta.

Por segunda vez esa noche, Kim se quedó a solas unos minutos, mientras Jeff iba al cuarto de baño. Sintió un brazo alrededor de la cintura y pensó que había vuelto, pero era Blaise.

—Aún no hemos bailado.

Lo miró desconcertada. Su rostro era inexpresivo, pero no esperó a que ella accediera, la guio a la terraza sin darle tiempo a protestar. La sujetó contra sí y ella volvió a embriagarse con la sensación de sentirse pequeña y frágil junto a su musculoso y enorme cuerpo. Se apartó un poco de él y simuló mirar a su alrededor.

—No te preocupes, no pondrá pegas a que bailes conmigo unos minutos.

—¿Qué? —el significado de sus palabras tardó en atravesar la burbuja que era estar en sus brazos. Comprendió que creía que le preocupaba lo que pensara Jeff. No le corrigió—. No, supongo que no.

Él la atrajo de nuevo y ella no tuvo fuerza de voluntad para resistirse. Sentirse rodeada por el duro cuerpo masculino era maravilloso. Sentía los duros músculos de su antebrazo bajo los dedos y llevó la otra mano hacia su nuca. Su aroma y su proximidad eran como el paraíso; sabiendo que acabaría demasiado pronto, Kim se dejó llevar. Iba a tener que conformarse el resto de su vida con un beso y un baile, así que no iba a desperdiciar ni un segundo.

—Encajamos juntos muy bien —dijo él con voz grave. Ella sintió un escalofrío.

—Es porque soy demasiado alta.

—¿Demasiado alta? En absoluto. Tienes la altura perfecta, para mí al menos.

No contestó porque no se fiaba de sí misma. Sus sentimientos por él habían crecido demasiado rápidamente y cada momento que pasaban juntos se intensificaban. Eso habría sido maravilloso si él la correspondiera. Pero había sido sincero. Con él solo cabía la lujuria. Aun así, se permitió moverse con él siguiendo el ritmo de la música, consciente de que se frotaba su pelo con la barbilla y de que la deseaba tanto como la había deseado antes. Acercó las caderas contra las de ella y Kim notó que sus senos reaccionaban irguiéndose y sus pezones se endurecían. Cerró los ojos, perdiéndose en las sensaciones. Se preguntó cómo sería hacer el amor con él; perdió el paso y tropezó.

—¿Cansada? —murmuró él, equilibrándola.

Ella asintió sin mirarlo, aunque ya no se sentía cansada. Cada nervio pulsaba de vida.

—¿Por qué no te quedas a pasar la noche?

Eso hizo que levantara la cabeza de golpe.

—Fiona dormirá con Lucy, y sus padres en una habitación de invitados; hay otras tres ocupadas, pero quedan dos libres —la risa chispeó en sus ojos mientras puntualizaba. Kim supo que había adivinado lo que ella había pensado inicialmente.

—No he traído cosas para pasar la noche —fue la única excusa que se le ocurrió.

—Hay toallas y productos de aseo en todas las habitaciones, así como albornoces.

—No, no puedo.

—¿Por qué no?

—Mañana voy a comer a casa de mis padres —eso tenía la ventaja de ser cierto.

—No es problema. Puedo llevarte allí.

—Estaría mal que dejaras solos a tus invitados.

–Kim, ya has visto cómo funciona esto. Es una fiesta informal, quien quiere se queda, y la señora Maclean está aquí para que todo vaya sobre ruedas.

–No estaría bien.

–¿En qué sentido? –alzó una ceja.

–Eres mi jefe.

–Me dijiste que solías cuidar los niños de Alan Goode y su esposa. ¿Nunca te quedaste a dormir?

–Normalmente no.

–¿Pero alguna vez sí? –presionó él.

–Una o dos, pero era distinto. Estaba cuidando de los niños –no dijo que además Alan Goode tenía una esposa a la que adoraba.

–Bobadas. Te quedabas porque era conveniente, igual que esta noche. Iba a llamar a un taxi y acompañarte a casa, porque he bebido, pero no estaría aquí de vuelta hasta la madrugada.

–No tienes que acompañarme. Puedo ir en el taxi sola –alegó ella. La idea de ir en taxi con Blaise era incluso peor que la de pasar la noche en su casa. No podría resistirse a no tocarlo.

–Eso ni en sueños.

Kim se mordió el labio y lo observó. La música se detuvo, pero no la soltó.

–Kim, somos adultos, no colegiales. Es perfectamente apropiado que pases la noche aquí.

Podría ser apropiado, pero no era inteligente.

–Te prometo que no iré a tu dormitorio para aprovecharme de ti en mitad de la noche, ¿de acuerdo?

–No he pensado ni por un momento que fueras a hacerlo –protestó ella con dignidad, aunque le ardían las mejillas.

–Entonces te quedarás. ¿Sí?

Era ridículo, una locura. Tras lo ocurrido ese día, lo último que debería hacer era pasar la noche en casa de Blaise. En algún momento, iba a tener que decirle que no podía seguir trabajando para él. Su mente era un torbellino, pero aceptó.

—De acuerdo, gracias. Si no supone problema.

—¿Te enseñó tu madre a decir eso? –sonrió–. Me hace pensar en una niña con ricitos y un vestido rosa lleno de volantes.

—Nunca fui una niña estilo ricitos y vestido rosa, ya te lo dije.

—Ah, cierto, eras un chicazo –su voz había enronquecido y sonaba muy sexy–. Pero apuesto que eras un chicazo guapísimo.

—Uno con pelo corto y aparato en los dientes.

—Uno guapísimo con pelo corto y aparato.

La música había vuelto a empezar, pero ellos apenas se movían. Kim intentó no sonreír. El tono testarudo de su voz le había parecido entrañable.

—Eso está mejor –murmuró Blaise.

—¿El qué?

—Empezaba a preguntarme si Jeff tenía el monopolio de tus sonrisas, pero acabo de ver una.

—Jeff es un hombre muy agradable.

—Jeff es un niño encantador que no se ha hecho mayor –afirmó Blaise, seco–. Atractivo y divertido, sin duda, pero también lo es el cocker spaniel de Lucy.

Kim soltó una carcajada. Era verdad.

—No es la pareja adecuada para ti, eso seguro –siguió Blaise, serio de repente. Atrapó sus ojos y ella no pudo desviar la mirada.

—Si no tienes cuidado, acabaré pensando que estás celoso –le dijo risueña, para dejar claro que bromeaba.

–Lo estoy –afirmó él.

Ella lo miró desconcertada. No era justo. Tendría que haber supuesto que Blaise jugaría según sus reglas. Pero coquetear no era parte de su naturaleza, así que contestó con sinceridad.

–No tienes derecho a estarlo.

–Pero eso no cambia mis sentimientos.

Kim dio un paso atrás, obligándolo a soltarla.

–Me has dicho exactamente lo que querías y esperabas de una relación, Blaise, y la verdad es que es lo opuesto a lo que querría yo. No me interesa el sexo sin compromiso.

–Lo que quiero de una novia es más que sexo –Blaise arrugó la frente.

–Pero estamos hablando de lo que no quieres.

Jeff llevaba un par de minutos en el extremo de la terraza. Kim dejó a Blaise y fue hacia él con una sonrisa.

–Parece que ocuparé una de las habitaciones de invitados esta noche –le dijo con voz ligera–. Voy a buscar a la señora Maclean para ver cuál me corresponde, ¿de acuerdo? Estoy cansada.

–Sí, claro. A mí me llevan a casa Sue y Mark, y están listos para irse. Kim… –titubeó– lo he pasado muy bien hoy, pero, corrígeme si me equivoco, me da la sensación de que no vas a querer que se repita. ¿Tengo razón?

Kim lo miró. No había esperado que fuera tan perceptivo, aunque había intentado evitar cualquier acercamiento demasiado afectuoso.

–No es por ti –dijo rápidamente–. Lo he pasado de maravilla, pero… –calló, sin saber cómo seguir.

–Hay otra persona –acabó Jeff por ella.

—No, sí, es decir… —inspiró con fuerza—. Quiero a alguien que no me quiere a mí. Eso es.

—¿Tienes una relación con él? —preguntó Jeff, tras digerir la información un momento.

—En cierta medida —afirmó ella. Era verdad.

—¿Está casado?

—No, claro que no está casado. Yo no haría… —calló bruscamente—. Él no cree en el matrimonio, ese es el problema.

—Así que el tipo te ata, sabiendo lo que sientes por él, toma lo que quiere y se niega a considerar un compromiso real. ¿Por qué ibas a molestarte con un hombre así, sobre todo siendo tan guapa?

Era halagador y a Kim le hacían falta halagos, pero no podía permitir que Blaise quedara tan mal, aunque Jeff no supiera que se refería a él.

—Para ser justa, él ignora la intensidad de mis sentimientos, y yo ya sabía que no es de los que se casan; se puede decir que entré en la relación con los ojos bien abiertos. El problema es que lo quiero, no hay más.

—Menudo tipo con suerte —dijo Jeff.

—Gracias —Kim sonrió.

—Entonces, ¿qué te parecería quedar como amigos alguna vez, para comer o tomar algo?

—Eso me gustaría, pero…

—¿Qué?

—No sería justo para ti, ¿no crees?

—Kim, no voy a morirme de penas de amor y tampoco soy ningún monje —dijo, sonriente—. No niego que me encantaría conocerte y buscar algo más que amistad si decides olvidar a ese tipo, pero cuando dije amigos, quería decir eso. Lo creas o no, se me da muy bien escuchar.

–Sí, eso ya lo he visto.

–Dame tu teléfono y te llamaré algún día.

Ella sacó una libretita y un bolígrafo del bolso y apuntó su número de móvil y el de casa.

–Lo he pasado muy bien hoy y no contaba con ello –le dio el papel–. Gracias, Jeff.

–Ha sido un placer –le sonrió abiertamente–. Ahora que sé lo que hay, ¿puedo darte un beso de verdad, aunque solo sea uno?

–De acuerdo –aceptó ella, pensando que le debía al menos eso. Creyó que irían a un sitio más tranquilo, pero un momento después se encontró en sus brazos, siendo sonoramente besada. El beso no estuvo nada mal, pero no la afectó.

–He puesto toda mi alma en el beso –dijo él, medio en broma, medio en serio, escrutando su rostro–, y he fracasado miserablemente, ¿verdad?

–Ya te he dicho que soy una causa perdida.

–Eres fantástica, eso es lo que eres –suspiró profundamente–. Y ese tipo es un idiota. Si algún día decides dejarlo, avísame. ¿Lo prometes?

–Lo prometo –dijo ella, riéndose. Era muy agradable y deseó haberlo conocido antes que a Blaise. Jeff era joven, rico y divertido. Había insinuado más de una vez que dejaría su vida de playboy si encontraba a la mujer adecuada. Pero ella ya conocía a Blaise.

Se dio la vuelta para recoger su bolso y se encontró con un par de furiosos ojos azules que la taladraban desde el otro lado de la terraza. Miró a Blaise entre indignada e intranquila. Era obvio que había visto a Jeff besarla y no le había gustado nada. Que se fastidiara. Solo trabajaba para él. No había más.

Capítulo 11

LA mayoría de la gente empezaba a marcharse cuando Kim se despidió. La alegría de la Lucy cuando le dijo que iba a pasar allí la noche le resultó gratificante. Lucy la acompañó a la cocina, donde la señora Maclean llenaba el lavavajillas por enésima vez. Al ama de llaves no pareció sorprenderle la súbita decisión; era obvio que estaba acostumbrada a que ocurriera eso.

Kim quería desaparecer en su habitación sin ver a Blaise. Tal vez fuera cobardía, pero tenía la sensación de que lo manejaría mejor por la mañana. No tenía ningún derecho a mirarla como la había mirado, pero aun así se sentía culpable por haber permitido que Jeff la besara. De alguna manera, en las últimas veinte cuatro horas, su mundo se había vuelto del revés y no sabía cómo.

La señora Maclean dejó que Lucy la acompañara a la habitación, que estaba situada en la planta superior de la casa. Estaba exquisitamente decorada en tonos lila, verde y crema y se accedía al baño privado a través de unos biombos chinos.

Lucy se marchó en seguida a buscar a Fiona y Kim se sentó en la cama. De repente, tenía un horrible dolor de cabeza.

Miró la enorme y lujosa habitación. Se preguntó,

ausente, qué demonios estaba haciendo allí. No debería haber accedido a quedarse. Pero si hubiera vuelto a casa con Blaise en el asiento trasero de un taxi inevitablemente…

Él la habría besado y ella le habría correspondido. Había elegido la opción menos peligrosa. Solo tenía que estarse quietecita y marcharse temprano al día siguiente. No permitiría que Blaise la llevara a casa de sus padres, llamaría a un taxi ella misma.

Se tumbó en la cama con ganas de llorar, pero empeñada en no hacerlo. Si alguien le hubiera dicho el día anterior que Blaise querría acostarse con ella y que le diría que no, se habría reído en su cara. Eso demostraba que nadie se conocía a sí mismo, y menos aún a los demás.

Un rato después, se obligó a prepararse para dormir. El cuarto de baño tenía bañera y ducha y decidió que le iría bien un baño caliente para relajar los músculos doloridos. Echó el cerrojo a la puerta del dormitorio y se bañó. Poco después de la una se metía por fin en la cama.

No había contado con poder dormir, pero estaba agotada emocional, física y mentalmente, y el sueño la rindió enseguida.

Cuando se despertó la mañana siguiente, entraba el sol por la ventana y alguien llamaba a la puerta. Se sentó y se apartó el pelo de los ojos.

–Un momento –bajó las piernas de la cama y se puso el albornoz que había dejado en la silla la noche anterior. Tras atarse el cinturón, fue a abrir.

–Hola –los agudos ojos azules examinaron su rostro adormilado, recordando a Kim que no se había cepillado el pelo antes de abrir.

–¿Te he despertado?

Ella asintió. Blaise estaba apoyado en la pared, vestido con vaqueros y una camisa arremangada. Los vaqueros le sentaban de maravilla.

–Lo siento –no pareció en absoluto arrepentido–. Te he traído una taza de té. Sé por lo de París que no eres chica de tomar café a primera hora.

Sonó como si hubieran compartido cama, no solo hotel. Kim se alegró de que no hubiera nadie cerca. En la bandeja había té y galletas.

–Gracias –inquieta, extendió la mano

–¿Has dormido bien? –preguntó él, ignorando su mano y acercándose más.

–Muy bien.

–Me alegra que uno de nosotros lo hiciera.

Aún tenía el pelo húmedo de la ducha, un mechón le caía sobre la frente, suavizando su habitual aspecto severo. Kim miró sus manos grandes y masculinas, salpicadas de vello, como sus antebrazos. Se le contrajo el estómago.

–¿No vas a preguntarme por qué me ha costado dormir?

–¿Qué? –balbució ella, perdida.

–He dicho que si no vas a preguntarme por qué no he dormido –repitió él, sin darle la bandeja.

–¿Por qué no has dormido, Blaise? –preguntó ella con paciencia exagerada.

–Porque no dejaba de imaginarte entre mis brazos –musitó él–. Desnuda, deseosa, suave y cálida. Besaba cada centímetro de tu piel, te lamía y... –movió la cabeza y sonrió con ironía–. He pasado toda la noche excitado y duro como una roca.

Kim soltó el aire en un largo y silencioso suspiro.

–Te dije que era mala idea que me quedara –consiguió decir un momento después.

–Fue una gran idea –le dio la bandeja por fin, pero solo para poder agarrar un mechón de pelo castaño dorado y deslizarlo entre sus dedos–. Estás aquí, ¿no? –acarició su mejilla y bajó hacia su cuello–. Tienes una piel maravillosa –murmuró–. Lisa, suave y perfumada.

–No podemos hacer esto, ya lo decidimos ayer –a Kim le costaba respirar.

–Lo sé.

Kim comprendió demasiado tarde que había sido un error agarrar la bandeja. Con las manos ocupadas no pudo empujar a Blaise cuando él agachó la cabeza y capturó su boca. Sintió una mano en la nuca que sujetaba su cabeza para que no pudiera escapar.

–Mmm, deliciosa –susurró él, trasladando la boca hacia el lóbulo de su oreja, que mordisqueó con suavidad–. Debería probarte antes del desayuno más a menudo.

–Blaise…

–Lo sé, no podemos hacer esto –murmuró él, antes de volver a su boca y deslizar las manos bajo el albornoz para atraerla contra su cuerpo.

Sentir sus manos en la cintura desnuda hizo que Kim diera un bote. La taza saltó de la bandeja y un instante después era Blaise quien saltaba hacia atrás, cuando el té caliente salpicó una parte muy concreta de su anatomía. Blasfemando como un poseso, se sacudió los vaqueros; la taza, las galletas y el resto del té estaban a sus pies.

Kim no sabía si reírse o echarse a llorar.

–Lo siento –dijo cuando él dejó de blasfemar–. ¿Te has quemado?

–Yo diría que sí –sonrió al ver su expresión desolada–. No te preocupes. Estaré algo molesto unos días, pero sobreviviré. Hazme un favor, la próxima vez limítate a decir «no», ¿vale?

–¡No lo he hecho a propósito!

–Bromeaba, Kim.

–Ah.

–Pero si me disculpas iré a cambiarme y a ponerme agua fría. ¿A no ser que quieras acompañarme y hacerlo por mí? –sugirió con una sonrisa maliciosa.

–Estoy segura de que te las arreglarás muy bien solo –rechazó Kim. Si sonreía así, no podía haberse quemado demasiado.

–De acuerdo –inclinó la cabeza y besó sus labios–. Te pones un perfume muy sexy para acostarte.

–No llevo perfume.

–¿No? Ay, caramba...

Kim sonreía cuando cerró la puerta, después de recoger la taza y las galletas. Blaise le prometió que la señora Maclean se encargaría de limpiar la alfombra. Su sonrisa se apagó al comprender lo feliz y excitada que se sentía. Tenía que tener cuidado, estaba viendo el lado de Blaise que veían sus conquistas, y era letal. No era raro que hicieran cola por ese privilegio.

Tenía que ser fuerte y distanciarse de él. Era como una droga, cuanto más probaba, más quería. En veinticuatro horas su relación había cambiado. Pensó que tal vez sería mejor dejar que la llevara a casa de sus padres y decirle que iba a renunciar a su puesto de trabajo justo antes de bajarse del coche. Pero, conociendo a Blaise, era capaz de entrar con ella y exigirle explicaciones delante de sus padres.

Decidió atenerse a su plan original. Mejor aún, se le ocurrió pedirle a su padre que fuera a por ella. Sin darse tiempo a cambiar de opinión, le llamó al móvil y él, bendito fuera, sin hacer preguntas, quedó en recogerla a las once en punto. Eran las nueve, así que Kim tenía dos horas para vestirse, desayunar y despedirse de Lucy. Le dejaría a Blaise una nota explicándole que no había querido que tuviera que dejar solos al resto de sus invitados.

Kim se duchó y se puso la ropa con la que había llegado el día anterior. Se dejó el pelo suelto, se puso un leve toque de maquillaje y estuvo abajo a las nueve y media. La señora Maclean le había dicho que el desayuno sería en el comedor y que cada uno se serviría lo que quisiera. Cuando entró ya había algunas personas sentadas a la mesa, que la saludaron con calidez.

Lucy y Fiona llegaron al momento y se colocaron a ambos lados de ella. Blaise bajó unos minutos después. Kim, involuntariamente, miró su entrepierna. Se había puesto otros vaqueros y una camisa de color crema. Cuando Kim alzó la vista, vio que él la miraba con ojos risueños.

–Todo sigue en funcionamiento –murmuró, sentándose frente a ella y las niñas–, aunque unos cuantos mimos no irían mal.

Ella se limitó a sonreír, sin decir nada.

Por lo visto, todos los invitados se quedaban a comer. Después del desayuno, se trasladaron a la piscina. Lucy y Fiona ya estaban chapoteando en el agua cuando Blaise se reunió allí con Kim.

–¿Tienes que ir a comer a casa de tus padres? –preguntó él–. Estoy seguro de que lo entenderían si quisieras quedarte.

–Me esperan –repuso ella. Tenía demasiadas ganas de quedarse y por eso mismo no lo haría.

–¿A qué hora quieres que salgamos?

–Mi padre me recogerá dentro de un rato –dijo ella. No podía irse sin decírselo antes.

–¿Tu padre? –se enderezó y frunció el ceño–. Te dije que te llevaría yo.

–Tienes invitados, Blaise. Me incomodaba que los dejaras solos –Kim tomó aire. Era tan buen momento como cualquiera; estaban rodeados de gente, así que él no podría protestar demasiado–. Creo que lo mejor será que deje de trabajar para ti.

–¿Es broma? –preguntó él tras un largo y tenso silencio.

–No, no es broma. Tú mismo dijiste que había que mantener trabajo y placer separados.

–¿Estás diciendo que saldrás conmigo cuando lo dejes?

–Ya te dije que eso no sería buena idea –le estaba resultando más difícil de lo que había esperado–. Queremos cosas muy distintas de una relación.

–Entonces, ¿por qué no puedes seguir trabajando para mí?

Kim se preguntó si se estaría haciendo el tonto a propósito. Lo miró con fijeza.

–Porque ya no sería posible y lo sabes.

–No sé nada parecido.

–Blaise, esta… atracción que sentimos el uno

por el otro no sería buena en una relación profesional. Admítelo.

Él miró la mesa, pensativo. Tenía las pestañas muy largas y espesas parar ser un hombre. Kim se preguntó qué aspecto habría tenido cuando era un niño perdido, solitario y dolido. Cerró la puerta a ese pensamiento y esperó.

—No estoy de acuerdo —alzó la vista—. De vez en cuando podría añadir cierta… chispa a la rutina diaria, es cierto, pero somos lo bastante mayores para seguir las reglas.

Kim pensó, irónica, si pensaba seguirlas como había hecho ese fin de semana. Su expresión debió dejarlo claro porque él la miró avergonzado.

—Este fin de semana no estábamos trabajando. Ha sido distinto.

—Sigues siendo mi jefe y yo tu secretaria.

—¿Acaso los millones de personas que tienen una relación y trabajan juntos mantienen la distancia cuando están en casa? No lo creo.

—Pero no tenemos una relación y nunca la tendremos.

—Nunca es mucho tiempo.

—Hay diferencias fundamentales en lo que buscamos —repitió ella con paciencia—. Trabajar juntos nos provocaría una gran tensión a ambos.

—Yo puedo soportarla.

—Yo no —afirmó Kim, ignorando el deje peligroso que había captado en la voz de él—. Quiero que aceptes mi renuncia mañana mismo. Me iré en cuanto encuentres a alguien que me sustituya y le enseñe el funcionamiento de todo.

—Diablos, Kim, ¡solo llevas conmigo unas semanas! ¿Has pensado en las consecuencias que tendría eso para tu currículo profesional?

Kim no podía negar que era muy listo, se las sabía todas. Alzó la barbilla.

—No importará si me das buenas referencias.

—¿Y si no lo hago?

—Me iré de todas formas.

—Esto es una locura —blasfemó entre dientes—. No quiero cambiar de secretaria.

—No puedo quedarme, Blaise.

—No me has dado ninguna razón concreta que lo justifique.

Ella se alegró de haberle pedido a su padre que fuera a buscarla. Miró su reloj. Eran las once menos diez, perfecto. Tenía el tiempo justo para dar término a la conversación. Sabía que él solo se conformaría con la verdad y se la dijo.

—Estoy enamorada de ti y me destrozaría. Tú solo quieres intimidad sexual y eso a mí no me basta. No tengo tu experiencia en ese campo, Blaise. Para serte sincera, no tengo ninguna. No me acosté con mi prometido antes de que él decidiera cancelar la boda. Pero estoy segura de que no puedo tener una aventura contigo y sobrevivir después, cuando te canses de mí. Puede que no sea sofisticada y cosmopolita; acepto que muchas mujeres pueden acostarse con un hombre solo por placer, pero no soy una de ellas. Te quiero y para mí eso implica todo o nada. No te preocupes, has dejado muy claro, desde el primer momento, lo que puedes y no puedes dar. Simplemente, soy como soy.

Él había estrechado los ojos. La miraba sorprendido, pero también suspicaz. Ella pensó que su cinismo había vuelto a aflorar y tal vez sospechara que ella tenía motivaciones ulteriores.

–Voy por mis cosas y preferiría que no me acompañaras –se puso en pie–. Con respecto a las referencias, haz lo que creas conveniente, pero me iré con o sin ellas, Blaise. Después de adiestrar a quien me sustituya, por supuesto.

Se dio la vuelta y se alejó. Una pequeña parte de ella tenía la esperanza de que la siguiera, aunque fuese para protestar, pero no lo hizo.

Kim recogió las cosas y bajó. Blaise la esperaba en la puerta de entrada, con Lucy.

–Papá dice que te vas ya. Creía que te quedarías y luego podríamos probar más peinados –dijo Lucy, suplicante–. ¿Por favor, Kim?

–No puedo, preciosa –se agachó y abrazó a la niña. Se le cerró la garganta cuando los delgados brazos se aferraron a su cuello.

–¿Pero volverás otro día? –musitó Lucy.

Ella nunca había creído en engañar a los niños, pero fue incapaz de negarse.

–Tal vez –dijo–, pero voy a empezar a trabajar para otra persona y estaré muy ocupada un tiempo. Pero si puedo, vendré.

–¿Lo prometes?

–Prometido. Gracias por invitarme a tu fiesta, Lucy. Sigue practicando esos pasos de baile.

–Voy a enseñárselos a papá –Lucy soltó una risita.

–Fantástico –Kim forzó una sonrisa, pensando que eso sería digno de ver. El rostro de Blaise parecía una máscara–. Hasta otro día.

Cruzó la puerta que Blaise había abierto y salió.

No miró atrás ni una vez aunque suponía que Lucy esperaba que lo hiciera. Pero no quería que la hija de Blaise la viera llorar.

Cuando llegó a la verja respiró más tranquila. El coche de su padre ya estaba allí. Se limpió los ojos subrepticiamente y fue hacia él.

—Gracias por venir —dijo, sentándose y dejando su bolsa en el asiento trasero—. Siento que te hayas perdido tu pinta de cerveza antes de comer.

—No es problema —escrutó su rostro antes de arrancar—. Tienes aspecto de necesitar una tú también. ¿Quieres contarme lo que ocurre?

Kim sí quería, pero no podría soportar el tercer grado al que la sometería su madre. Y sus padres no tenían secretos entre ellos.

—Lo haré en otro momento, ¿de acuerdo?

—Claro —su padre sonrió y le dio una palmadita en la rodilla—. Pero ya sabes dónde estamos si nos necesitas.

Arrancó el coche y se incorporaron a la carretera general. Poco después, Harrow quedaba atrás. Kim deseó que fuera así de fácil sacarse a Blaise del corazón.

Capítulo 12

LA semana siguiente supuso una prueba de resistencia que Kim no le habría deseado ni a su peor enemigo.

Cuando llegó al trabajo, el lunes por la mañana, Blaise la saludó con la cabeza y le entregó una lista de cosas que necesitaba en una hora; cada una de ellas habría requerido una hora por sí sola. Estaba de un humor pésimo, pero Kim apretó los dientes y mantuvo la serenidad. Mientras él fuera irrazonable a ella le sería más fácil dominar sus sentimientos.

El día siguiente no fue mucho mejor, y a mediados de semana, Kim tuvo que empezar a revisar las solicitudes para el puesto, que ya había sido anunciado. Blaise se negó a involucrarse hasta que ella hubiera seleccionado a seis candidatos para que les diera su aprobación.

A Kim le habría encantado seleccionar a seis hombres o, en su defecto, a mujeres mayores de cincuenta años y felizmente casadas, pero dejó de lado sus sentimientos y eligió las mejores solicitudes. Consistían en: un ambicioso joven de veintiséis, dos mujeres solteras de treinta y pico, una matrona con mucha experiencia que acababa de enviudar, una mujer casada y con hijos universita-

rios, y una joven de su edad cuyo currículo superaba a los demás con creces.

Cuando le llevó la lista a Blaise, él echó un vistazo, hizo una mueca y la dejó en el escritorio.

–No me gustan.

Si era posible que un hombre de dos metros de
altura pareciese petulante, Blaise lo parecía. Kim
deseó sonreír, pero se contuvo.

–He elegido los menos «tontos del todo» del
montón –dijo, ácida; no había olvidado el comentario del día de su entrevista.

Él la miró airado. Era viernes y había trabajado
hasta tarde porque Blaise había insistido en que quería
la lista de candidatos para estudiarla ese fin de semana. Kim le devolvió la mirada con expresión serena.

–Tenemos que hablar –dijo él–. Lo sabes, ¿no?

El corazón de Kim empezó a latir como un tam-
bor. No sabía si tenía fuerzas para una confronta-
ción, había sido una semana muy dura.

–¿De qué? –preguntó.

–¡Del maldito tiempo! ¿De qué crees que quiero
hablar? De nosotros, de ti, de todo este… –hizo una
pausa. Estaba perdiendo el control y Kim sabía que
odiaba eso. Lo observó inspirar profundamente–.
Necesitamos hablar, Kim, y no aquí. No en la oficina. ¿Puedo llevarte a tu casa?

Ella tragó saliva. Sintió un inicio de pánico.

–No voy a aprovechar la atracción que hay entre
nosotros para obligarte a hacer algo de lo que te
arrepentirías después –dijo él, leyéndole el pensamiento, como siempre–. Estarás a salvo.

«Atracción», Kim parpadeó. Como si nunca le
hubiera dicho que estaba enamorada de él.

–De acuerdo –aceptó. Sabía que Blaise no intentaría aprovecharse de ella; le preocupaba su propia debilidad.

–Recoge tus cosas. Ya basta por hoy.

Con una bandada de mariposas en el estómago, Kim apagó el ordenador, limpió el escritorio y recogió su bolso y su chaqueta. Blaise apareció en la puerta justo cuando acababa.

–Estoy lista –le dijo con voz queda.

No volvieron a hablar hasta que estuvieron en el aparcamiento. Él, con el rostro tenso y serio, le abrió la puerta del coche, y Kim se sentó. Los nervios la estaban desequilibrando y se obligó a inspirar varias veces para tranquilizarse.

–Hablaremos tomando un café en tu casa, si te parece bien –dijo Blaise tras incorporarse al tráfico–. O podemos parar en un pub, si lo prefieres.

–Un café en mi casa está bien –ella habría preferido un lugar público, pero intuía que él no.

Kim estaba en tal estado, que no sabía si prefería que el viaje durase eternamente o fuese rápido. Si Blaise pretendía persuadirla para que siguiera trabajando para él, no lo conseguiría. También cabía la posibilidad de que insistiera en que empezaran a salir juntos y la respuesta también sería un no. Por instinto de supervivencia.

El lujoso coche era mucho más cómodo que el tren, pero Kim no estaba de humor para disfrutar del trayecto. Se preguntó cómo iba a recoger su coche, que estaba aparcado en la estación por la mañana. Su mente prefería pensar en cosas mundanas a enfrentarse a lo que sucedería cuando llegaran a su casa.

Se oían cantos de pájaros y los últimos rayos de sol iluminaban la acera cuando aparcaron. Kim subió los escalones, seguida por Blaise, y abrió la puerta. El piso estaba ordenado y las flores que había comprado dos días antes perfumaban la sala.

–Siéntate –le dijo a Blaise–, traeré el café. ¿Quieres un sándwich o un trozo de tarta?

–Un trozo de tarta estaría bien –Blaise se sentó en el sofá crema. Grande, moreno y sexy, dominaba la pálida y bonita sala con su presencia.

Con las manos temblorosas, Kim preparó una bandeja con café y una tarta de frutas cortada en raciones generosas y dos platitos. No se creía capaz de comer nada, pero no dejaría que Blaise lo notara. No mostraría debilidad. Él probaría todos los trucos, seguro, pero no hablaría de amor.

Llevó la bandeja a la sala y la puso en la mesita de café. El sol iluminaba las canas que salpicaban su pelo negro, añadiéndole atractivo. Tras servirle a Blaise una taza de café solo, fuerte y caliente, le dio un plato con un trozo de tarta. Ella añadió leche y azúcar a su café y se sentó en el otro sofá, frente a él. Para cuando él acabó su trozo de tarta, había conseguido relajarse un poco.

–El domingo dijiste que me querías –dijo sin más preámbulos–. Pero ese amor tiene condiciones. Si no te sigo el juego, te marchas y te olvidas. ¿Cómo puedes llamarle amor a eso?

Kim había dado un respingo al oír su tono brusco. Supo instintivamente que no era un truco para hacerle cambiar de opinión; le estaba pidiendo muy en serio que se explicara. Sospechó que tenía que ver con su pasado. Él lo confirmó en cuanto siguió hablando.

–Miranda utilizó otras tácticas para que me casara con ella; jugó conmigo a su antojo, pero estaba demasiado loco por ella como para verlo.

–No estoy intentando que te cases conmigo, Blaise. Sé que es imposible, sintiendo lo que sientes –Kim dejó la taza en la mesa para no derramar el café por el temblor de sus manos–. Intenté explicarte que una relación entre nosotros no puede funcionar, no mientras yo sienta lo que siento. Tus... tus mujeres se conforman con tenerte un tiempo; les conviene y a ti también. Yo no puedo. Eso me destrozaría.

–Pero no te destroza marcharte sin más –dijo él con amargura–. Eso puedes hacerlo con facilidad, en nombre del amor.

–No con facilidad, no.

Él movió la cabeza con impaciencia, pero en sus ojos azules había algo doloroso.

–Cuando me abandonaron de bebé, había una nota en mi ropa que decía que mi madre renunciaba a mí porque me quería mucho –dijo él con rostro férreo–. No creí eso ni tampoco creo lo que tú me estas diciendo ahora.

Kim lo miró fijamente. Comprendió que estaban hablando de algo que le había herido y amargado toda la vida, y que había empeorado con la muerte de sus padres adoptivos y su desastroso matrimonio. Buscó palabras que pudieran penetrar la gruesa barrera que había erigido alrededor de su corazón.

–Estás juzgando a tu madre con mucha dureza si nunca has intentado buscarla y oír su versión de la historia.

–¿Intentar encontrarla yo a ella? –su rostro se

oscureció, se puso en pie y empezó a andar por la sala–. ¿Por qué no ella a mí?

–Renunció a ti porque creía que con ella no tendrías tantas ventajas como si te adoptaban.

–Eso no lo sabes –le lanzó él.

–Y tú no sabes que no fuera así.

–De todas formas, eso no me importa. Estaba hablando de nosotros.

–Sí te importa –Kim sabía que tenía que insistir–. A cualquiera le importaría. Es natural.

–No me quería, esa es la verdad. Eligió el camino fácil.

–Seguramente fue la cosa más difícil que había hecho en su vida, fue un sacrificio.

–¿Y eso es lo que estás haciendo tú? ¿Renunciar a mí por mi propio bien?

Kim miró al hombre grande y duro que había conquistado el mundo empresarial y era respetado y admirado por sus colegas. En lo más profundo seguía siendo un niño pequeño, solitario y perdido, que pedía a gritos el deseo humano más básico: amor. Deseó tomarlo entre sus brazos y prometerle cuanto él pidiera, decirle que estaría con él mientras él la quisiera y deseara. Quería prometerle la luna, pero no lo hizo.

–Te quiero más de lo que he querido a nadie, y nunca volveré a querer así, eso lo sé –dijo con voz serena–. Si no puedo tenerte a ti, no quiero a nadie más; he decidido irme al extranjero y dedicar mi vida a algo vocacional. Algo que garantice que no será una existencia desperdiciada. Si accediera a tu forma de vida, eso no solo me destruiría a mí, Blaise. Me has dicho que tus mujeres son como tú, que disfrutan de ese estilo de vida. Pero te he visto con Lucy, y sé que te partiría el corazón hacerme daño, como inevitablemente harías. No eres tan despiadado como pretendes que crea la gente.

Él la miró, reflexionando.

–Por eso eliges a ese tipo de mujeres, ¿no? Saben lo que hay y les conviene. Y tú quedas libre de responsabilidad y remordimientos. Eso lo entiendo. Supongo que en cierto sentido es honesto. Nadie sufre y os separáis como amigos.

–Has vuelto mi vida del revés estos últimos meses –protestó él, airado –los músculos de sus hombres se tensaron bajo la camisa–. No he tenido un momento de paz desde que te vi.

–Lo mismo digo.

–No quiero sentirme así.

A ella no le hacía gracia estar enamorada de un hombre que solo podía ofrecer sexo sin intimidad emocional. Siguió un largo silencio.

–Será mejor que me vaya –señaló la mesa de café–. Gracias por el café y la tarta.

–Gracias por traerme a casa.

–Kim, oh, Kim… –su voz resonó, grave.

Ella no sabía quién de los dos se había movido; solo sabía que volvía a estar en sus brazos tras pasar los días más terribles de su vida. Sentía sus manos en la cintura, atrayéndola mientras la besaba con tanta pasión que era como si estuvieran haciendo el amor. Kim se relajó, flotando en una nube de pura sensualidad, mientras él besaba su boca y su cuello.

Puso una mano en la parte baja de su espalda, para estabilizarla, y la otra en uno de sus senos; sus dedos iniciaron un lento baile que la derritió.

Sentía sus fuertes muslos y cada centímetro de su virilidad a través de la ropa mientras el beso se convertía en una especie de consumación. Blaise respiraba con fuerza, su pecho subía y bajaba, pero muy despacio. Kim notó un cambio de ritmo.

–Tengo que irme –masculló él contra su piel–. Ahora. Mientras aún pueda.

Ella se aferró a sus hombros.

–Kim –fue él quien la apartó. Suavizó la separación con un último y abrasador beso–. No quiero que me odies.

Odiarlo. No entendió de qué hablaba. Ella lo quería, lo amaba tanto que toda su racionalización anterior se fue al traste. Aceptaría y daría gracias por cada minuto que pudiera pasar con él.

–No te vayas –dijo.

–No va a ocurrir así, contigo no –gruñó él, dando un paso atrás–. Pero no sé de qué soy capaz. No sé si puedo volver a confiar en alguien, ni siquiera sé si lo deseo.

Su expresión atormentada ayudó a Kim a no lanzarse a sus brazos. Blaise había llegado a una encrucijada. Y era una en la que ella no podía ayudarle. Quiso decirle que le entendía, pero el nudo que tenía en la garganta se lo impidió.

–Tengo que irme –repitió él.

Ella asintió, pálida. Oía el tronar de su corazón en la cabeza y tenía la sensación de no poder respirar, pero se quedó inmóvil. Oyó la puerta abrirse y cerrarse y, poco después, el ruido del coche alejándose.

Se había ido. Cerró los ojos. Podría haberse quedado, ella lo había dejado claro, pero había elegido marcharse. Abrió los ojos. Con la vista borrosa, se sentó y dejó que las lágrimas fluyeran.

Tras un largo baño caliente, una taza de chocolate y un paquete entero de galletas, Kim no se sentía mejor, pero sí más tranquila. La tormenta de llanto había ayudado.

Se había levantado del sofá sintiéndose como si su vida hubiera acabado. Pero se dijo que estaba viva y tenía que seguir adelante.

Cuando oscureció, se hizo otra taza de chocolate y la sacó al pequeño patio. Se sentó en la mesa y escuchó a los pájaros prepararse para el descanso en los árboles.

Poco después, el cielo se convirtió en un manto de terciopelo negro tachonado de estrellas y la envolvió el perfume de las flores y las rosas que había plantado. Descubrió que aún le quedaban lágrimas y lloró un poco más; no sabía por quién lloraba más, si por ella o por Blaise.

Sospechaba ser la primera persona a la que había hablado de su madre de esa manera; no era un hombre que bajara la guardia o mostrara sus pensamientos. Eso le hacía quererlo aún más, pero también le partía el corazón. Nunca se había sentido tan impotente. Por mucho que lo amara no podía convertirlo en alguien que no era ni cambiar su forma de pensar. Blaise tenía que enfrentarse a sus demonios personales, curar heridas que llevaban años ahí, y solo él podía decidir cómo proceder. Tal vez habría sido distinto si sintiera por ella algo más que atracción sexual.

Perdió la noción del tiempo. Cuando entró en casa, la asombró ver que era casi medianoche.

Se había puesto el pijama y una fina bata de verano después del baño, así que solo tenía que cepillarse los dientes y lavarse el rostro. Hizo una mueca al verse en el espejo. Llorar nunca la había favorecido. Tenía la nariz roja y los ojos hinchados, y el pelo alborotado de mesárselo.

Tras lavarse, se puso crema hidratante, se cepilló el pelo y se acostó. Sabiendo que no podría dormir, leyó hasta entrada la madrugada, aunque tuvo que releer muchas páginas porque no se enteraba. Finalmente, se rindió, se tomó dos aspirinas e intentó dormir.

Debió de conseguirlo porque cuando sonó el despertador tuvo que librarse de una espesa neblina para intentar apagarlo. Pero no era el despertador, era el timbre de la puerta. Miró la hora y le asombró comprobar que eran las nueve.

La idea de que pudiera ser Blaise la despejó por completo. Fue hasta el telefonillo.

—¿Sí? —preguntó, tentativa.

—¿Kim? Soy yo. ¿Puedo entrar?

Tuvo que apoyarse en la pared para no caerse.

—¿Kim? ¿Estás ahí?

—Dejaré la puerta abierta, porque tengo que ir al cuarto de baño… —consiguió farfullar tras hacer acopio de fuerza—. Acabo de despertarme… —pulsó el botón, abrió la puerta y corrió al baño.

Miró su imagen en el espejo. ¡No solía tener la cara tan hinchada! Gruñendo, se la mojó con agua fría, se secó y se cepilló el pelo. Volvió a mirarse. No rompería el espejo, pero distaba de tener buen aspecto y su pijama no era nada sexy.

–No importa –susurró–. Sal, escucha lo que tenga que decir y, ante todo, no albergues esperanzas.

Blaise estaba ante el ventanal, mirando el patio. Se dio la vuelta con calma y la miró. Tenía aspecto de no haber dormido, su rostro estaba grisáceo bajo el bronceado.

–Hola, Blaise –lo saludó.

–Tú… dijiste que me querías. ¿Cierto?

–Mas que a nada ni a nadie –Kim, habló de corazón, sin saber qué esperar a continuación.

–Te quiero –dijo él, ronco–. Te quiero.

Ella no se movió, había más por llegar.

–Te he querido toda mi vida sin saberlo hasta el momento en que entraste en mi despacho, destilando rebeldía –siguió él–. Y eso es lo que me asusta ahora. No quiero sentirme así, soy incapaz de manejarlo, pero sin ti la vida no es nada, no tiene sentido.

–Y eso te da miedo.

–No imaginas cuánto –corroboró él.

–Sí, porque lo que siento por ti también me asusta. Esto es cosa de dos, Blaise. Una vez dijiste que en una relación uno da y otro recibe, pero no siempre es así. Eso no les ocurre a mis padres. Ambos dan y reciben. Ninguno de ellos es perfecto, sobre todo mi madre… –hizo una mueca– pero se adoran, siempre lo hicieron. Se apoyan al cien por cien. Lo que le duele a uno le duele al otro.

Él escuchaba atentamente. Esa mañana no se había afeitado y parecía aún más rudo y sexy…

–Puede ser así –concluyó ella con voz débil.

–No quiero perderte. Lo sé desde el principio, pero no quería admitirlo –lo dijo como si le doliera en lo más hondo–. Te da demasiado poder.

La sorprendió y reconfortó su sinceridad. Si podía ser tan sincero, había esperanza para ellos.

—¿Qué me dices del poder que tienes sobre mí? Como he dicho, esto es cosa de dos. Tengo tan pocas ganas de volver a sufrir como tú.

—No llores, Kim —dijo Blaise. Ella ni siquiera se había notado las lágrimas—. No soporto verte llorar —abrió los brazos de par en par.

Kim se refugió en ellos como una paloma volviendo al hogar. Él la alzó y se sentó con ella en el sofá. La besó hasta quitarle el aliento.

—Eso de estar juntos… Vas a tener que enseñarme cómo funciona. Miranda y yo nunca tuvimos eso. Vivimos vidas separadas desde el principio. Ella ya estaba embarazada de Lucy cuando nos casamos.

—Te enseñaré.

—Te quiero de verdad —enredó los dedos en su cabello y echó su cabeza atrás para mirarla—. Me crees, ¿verdad?

Curiosamente, ella no lo dudó un momento.

—Te creo.

—Pero será un infierno vivir conmigo. ¿Estás preparada para eso? Y aceptarme a mí implica aceptar a Lucy. ¿Te has planteado lo que implica ser madre de una testaruda niña de diez años?

—Si puedo con su padre, podré con ella. Con una condición —sus ojos se nublaron—. Yo elijo a tu secretaria —pensó que la mujer felizmente casada con hijos universitarios se llevaría el gato al agua.

—Lo que quieras —Blaise sonrió—. ¿Quieres casarte conmigo, Kim? ¿Pronto?

Ella titubeó. Tenía la sensación de que deberían

esperar un tiempo. No era que no le creyera, pero intuía que él necesitaba reflexionar sobre el paso que estaba a punto de dar.

–¿Qué pasa? –preguntó él, brusco.

–Claro que quiero casarme contigo, pero no tiene por qué ser pronto. Saber que me quieres y estar juntos me basta y…

Él la besó hasta dejarla sin aliento. Después, soltó una risa y enterró el rostro en su cuello.

–No me des esos sustos –murmuró–. Escucha, Kim, quiero dejar algo claro: ahora sé lo que quiero. He ido al infierno y vuelto cientos de veces al día, pero anoche aterricé. Estuve horas diciéndome que no tenía necesidad de cambiar, que había estado bien antes de conocerte y lo estaría cuando te fueras, pero eran mentiras. Te necesito. Tu fuerza y tu sabiduría. Eres mi mundo, el aire que respiro. Además, tenías razón en lo que dijiste sobre mi madre. No sé por qué me abandonó y no lo sabré si no la busco. Puede que haya muerto o emigrado, pero haré lo posible por encontrarla. Y para eso te necesito a mi lado.

Movió la cabeza con expresión dolorida.

–Me da miedo que siga viva y no quiera conocerme, o que sea una persona a la que yo no quiera conocer. Por eso no quiero que Lucy sepa nada de esto por ahora. Ya será mucho para ella que nos casemos. Porque vamos a casarnos, ¿no?

–Si estás seguro…

–Cariño, en este momento es lo único de lo que estoy seguro.

Volvió a besarla y ella sintió que el júbilo invadía sus venas como miel templada, borrando sus dudas y miedos. Estuvieron abrazados largo rato. Él enterró el rostro en su cabello y ella, acariciándolo, escuchó las amargas verdades que habían conformado su vida. La infancia confusa y solitaria; los problemáticos y, a veces, violentos años de adolescencia; el matrimonio con una mujer fría y superficial, interesada en el dinero de Blaise pero no en él; la desesperación que lo asoló cuando le arrebató a Lucy...

–Su muerte me permitió recuperar a Lucy, protegerla y cuidarla; me alegré. ¿No es horrible? –murmuró–. Era la madre de mi hija y me alegró que muriese. Que Dios me perdone.

–Te alegraste de recuperar a Lucy y de que estuviera a salvo, nada más. Si hubieras podido quedarte con ella mientras Miranda seguía con su vida, lo habrías hecho. Tú no deseabas su muerte.

–Estás empeñada en pensar lo mejor de mí –sentenció Blaise con una sonrisa ladeada.

Kim vio que tenía los ojos húmedos y eso le partió el corazón. Tomó su rostro entre las manos y lo besó con pasión. Él respondió de inmediato pero, igual que la noche anterior, cuando la situación empezó a írsele de las manos, paró.

–Hasta aquí y no más, amor mío –dijo, agarrando sus muñecas–. Lo hice todo mal con Miranda y he seguido esa pauta. Contigo no será igual. Contigo puedo esperar.

–¿Y si soy yo quien no puede esperar? –gimió Kim, medio en broma, medio en serio.

–Por eso he dicho que nos casaremos pronto. Kim –enfatizó sus palabras–, no puedo prometerte que vaya a ser el marido más paciente o considerado del mundo. Me cuesta acordarme de los cumpleaños y aniversarios, y a veces cuando estoy trabajando pierdo la noción del tiempo, pero te prometo que te amaré con toda mi alma y mi corazón hasta el día de mi muerte. Querré a nuestros hijos como quiero a Lucy, pero tú serás el centro de mi vida, mi mujer. Las demás no significaron nada. Eso lo entiendes, ¿verdad?

Ella asintió. No le gustaba pensar en todas las mujeres que había tenido, disfrutando de sus caricias, pero sabía que era suyo.

—Yo… no tengo experiencia como ellas —dijo, nerviosa por lo que él podía esperar.

Él buscó su boca y la besó con gentileza al principio para luego pasar al ardor.

—Me alegra saber que seré el primero.

Kim sonrió.

—Créeme, lo pasaremos de maravilla cuando te enseñe todo lo que sé —añadió, malicioso.

—Procuraré ser buena alumna —replicó ella con modestia simulada.

—Serás una alumna excepcional, porque tu profesor lo es —la abrazó con fuerza cuando ella se echó a reír—. No dejes de quererme nunca, ¿de acuerdo?

—Nunca —lo rodeó con los brazos y apretó como si eso pudiera borrar la inseguridad y dolor de treinta y nueve años—. No podría aunque lo intentara, y no pienso intentarlo.

Capítulo 13

SE casaron un dorado día de otoño, con el aire perfumado con el dulce aroma del humo de leña y de las últimas flores del verano. Kim llevaba un sencillo vestido de novia de seda blanca que se ajustaba a sus curvas a la perfección, y un velo que le caía hasta los hombros. Lucy era su dama de honor y parecía un hada etérea con su vestido blanco y rosa.

Kim ni siquiera se fijó en los rostros envidiosos de Kate y sus amigas, que estaban fuera de la iglesia cuando llegó. Cuando caminó hacia el altar del brazo de su padre, no había ni un ojo seco en la iglesia. Su madre siguió llorando, a ratos, durante todo el día.

–Se siente aliviada –le susurró Kim a Blaise en la recepción, mientras su madre se secaba los ojos por enésima vez–. Te dije que había perdido la esperanza de verme casada, ¡y he atrapado a una joya como tú! Está desbordada por la emoción.

–Me alegra que aprecie mis virtudes.

Kim pensó que cualquier mujer de entre dieciséis y cien años las apreciaría. Lo miró con tanto deseó que él se inclinó hacia ella.

–Si no quieres que te seduzca ahora mismo, debajo de la mesa, más vale que te comportes como la novia virgen que se supone que eres.

–Promesas, promesas… –Kim sonrió.

Estaban celebrando la recepción en el hotel de la localidad, habían reservado la suite nupcial para esa noche y a la mañana siguiente volarían al Caribe para pasar un mes de luna de miel. Cuando acabaron la comida y los discursos, empezó el baile, Kim se sentía como si flotara en una burbuja de felicidad. No dejaba de mirar la alianza que llevaba junto al anillo de compromiso que Blaise le había comprado el día que se declaró. Estaba casada con él y Lucy ya le había preguntado, con timidez, si podía llamarla «mamá», lo que había encantado a Blaise tanto como a ella.

Blaise controló bien su impaciencia, pero una vez la señora Maclean se llevó a Lucy a casa, anunció a los invitados que seguían allí que podían quedarse el tiempo que quisieran, pero que él y su esposa se iban a la cama. Los despidieron con aplausos y vítores, para vergüenza de Kim y regocijo de Blaise.

–Eres bella y deseable y eres mía –murmuró él en sus labios, ya en el ascensor–. Nunca había vivido un día tan largo como este.

–Es un día único en la vida –rio Kim.

–Me interesa más la primera de muchas noches.

Cuando salieron del ascensor, la alzó en brazos y la llevó a la suite nupcial, un ensueño crema y dorado. Había montones de flores, una botella de champán en una cubitera de hielo, un cuenco de fresas y una enorme caja de bombones.

Kim suspiró de placer. Era perfecto. Blaise la tomó en sus brazos y la besó con tanto deseo que segundos después sus suaves curvas se derretían contra el cuerpo fuerte y anguloso.

Estaban en la diminuta sala de estar. Él llevó la mano a su espalda y le bajó la cremallera del vestido. Apartó el corpiño de sus senos, revelando el sujetador de encaje que añadía voluptuosidad a sus generosas curvas

–Bellísima –murmuró él. La libró del sujetador y tomó sus pesados pechos en las manos.

Kim arqueó la espalda cuando sintió sus labios explorando sus pechos antes de concentrarse en los pezones, que succionó uno tras otro. Dejó caer la cabeza hacia atrás, temblando de deseo. Gimió y se estremeció.

Cuando empezaban a fallarle las piernas, él la alzó en brazos, la llevó al dormitorio y la depositó en la cama con gentileza. Lentamente, disfrutando y saboreando cada segundo, la desvistió y después urgió a Kim a que lo desnudara.

Bajo el resplandor dorado de las lámparas, su poderoso cuerpo era impresionante, tenía las piernas morenas y musculosas. Ya estaba enormemente excitado y a Kim le impresionó la fuerza de su virilidad.

Él acarició cada contorno y cada curva, excitándola con manos y boca, embriagándola.

–Quiero besar cada sedoso centímetro de tu cuerpo –le susurró al oído–. Eres exquisita, mi bella esposa. Deliciosa…

Sin prisa, siguió succionando, besando y acariciando, llevándola hasta el borde del clímax una y otra vez, para detenerse e iniciar el proceso de nuevo. Ella temblaba de deseo, pero él seguía con su dulce tormento, explorando cada hueco, cada curva y haciendo que se derritiera por dentro.

Cuando por fin la alzó hacia sus caderas, para unir sus cuerpos, lo hizo con gentileza. La recompensa a su paciencia fue encontrarla húmeda y deseosa. Kim se tensó un momento, pero el dolor desapareció muy pronto y el placer inició una espiral ascendente cuando sus cuerpos empezaron a moverse juntos, en un ritmo antiguo como el tiempo.

La asombró cómo sus músculos y nervios se tensaban y vibraban con cada movimiento de él; las oleadas de placer se sucedían e intensificaban como una corriente eléctrica que recorriera su cuerpo. Nada existía, solo Blaise y un mundo de color, luz y sensación tras sus párpados cerrados. De pronto, cuando su cuerpo estalló en un clímax de placer que la llevó a gemir su nombre, sintió la descarga de él y oyó su grito gutural y satisfecho.

Después él la abrazó, tranquilizándola con caricias y besos mientras le susurraba que ese era el principio y que tenían el resto de sus vidas para amar y ser amados. Se durmieron abrazados, unidos en mente, corazón y cuerpo.

A la mañana siguiente, Blaise la despertó besando su cuello y susurrándole naderías al oído. Adormilada, Kim se amoldó a él como un gato sensual e hicieron el amor lenta y dulcemente.

Desayunaron en la cama, antes de ir al aeropuerto para iniciar su luna de miel. No dejaron de hacerse carantoñas en todo el viaje.

La casa que habían reservado tenía un exuberante jardín con piscina, desde el cual se accedía a una playa de arena blanca. Una vez allí, hicieron el amor y bebieron champán mientras contemplaban una impresionante puesta de sol.

Fue una luna de miel maravillosa, de días mágicos y noches encantadoras. Comían cuando les ape-

tecía, nadaban en la piscina y en el mar azul, pasea-
ban por la playa y exploraban los pueblecitos de la
zona. Reían y hacían el amor, mientras sus cuerpos
se doraban con el sol. El día del cumpleaños de
Kim, en mitad de las vacaciones, Blaise le regaló un
anillo de diamantes como símbolo de amor eterno.

Cuando acabó el mes y llegó el momento del re-
greso, Kim recorrió la casa despidiéndose de cada
objeto mientras Blaise la miraba divertido.

Él había ido cambiando día a día; la melancolía
y amargura que lo habían acompañado toda su vida
se fueron disolviendo al calor de la adoración de
Kim. Ella no intentaba cambiarlo, solo lo amaba, y
eso produjo el milagro.

Cuando llegaron a casa, recibieron una calurosa
bienvenida de Lucy y los perros. La señora Maclean los besó y comentó que Blaise parecía diez años
más joven y que Kim estaba preciosa.

A la mañana siguiente, un domingo, estaban
abriendo el correo mientras desayunaban cuando
Blaise se quedó quieto como una estatua.

—¿Qué pasa?

—Lee esto —dijo él, tras humedecerse los labios.

Ella miró la carta que le ofrecía como si fuera a
morderla. Lucy la animó con la mirada. Había sido
remitida con una nota del detective privado que
Blaise había contratado. Decía:

Querido hijo mío,
Espero que no te importe que te llame así ni que
te escriba, pero el señor Shearman me ha comuni-
cado que querías encontrarme. Llevo esperando
este momento treinta y nueve años. Te abandoné

cuando solo tenías unas horas, pero durante cada una de esas preciosas horas te abracé, amé y lloré por ti. Solo tenía quince años cuando te tuve y nadie lo sabía; mi padre nos habría matado a los dos de haberse enterado y no tenía dónde ir ni a nadie que me ayudara. Sabía que no sería justo quedarme contigo, no te merecías crecer rodeado de pobreza, violencia y miedo como había hecho yo, pero me rompió el corazón renunciar a ti. Nunca he dejado de quererte ni de desear haberme quedado contigo, pero tu única oportunidad de tener una buena vida era ser adoptado por una pareja que te diera lo que yo no podía darte. Todos los días rezo a Dios para que proteja y bendiga, y el día de tu cumpleaños voy al hospital y dejo un juguete en el escalón donde te dejé aquella noche. Es una tontería, porque ya eres un hombre, pero siempre seguirás siendo mi niño. Imagino que no podrás perdonarme por lo que hice. Yo no puedo, pero me pareció que era lo mejor para ti. Me casé a los veintiún años y mi esposo, que en paz descanse, sabía de tu existencia y entendió que no quisiera tener más hijos. No me parecía correcto cuando gran parte de mi corazón estaba contigo.

No sé si querrás verme, pero vivo con la esperanza de que llegue ese día. Estaré aquí esperándote, como he hecho durante treinta y nueve años. Te quiero más de lo que podrías llegar a imaginar.

Tu madre.

Kim dejó caer la carta en la mesa, tenía el rostro empapado de lágrimas. Blaise le agarró la mano y miró a Lucy con ojos húmedos.

—Es una carta de tu abuela. Vamos a ir a verla hoy.

Bianca™

**Ella compartió su cama… Llevaba a su heredero en el vientre…
¡Y se convirtió en su esposa!**

Quizá fuera el padre de Charity Wyatt quien robó a Rocco Amari, el magnate, pero
fue Charity quien tuvo que
pagar por ello.

A Charity le habría bastado
con entregar su virginidad
para pagar la deuda, pero la
noche apasionada que pasó
con el enigmático italiano
tuvo consecuencias inespe-
radas.

Decidida a que su hijo tuviera una infancia mejor de la
que ella tuvo, Charity le pidió
a Rocco que la ayudara eco-
nómicamente. Sin embargo,
Rocco tenía otros planes en
mente: ¡legitimar a su heredero convirtiendo a Charity
en su esposa!

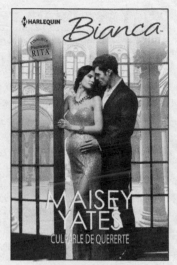

Culpable de quererte

Maisey Yates

Acepte 2 de nuestras mejores novelas de amor GRATIS

¡Y reciba un regalo sorpresa!

Oferta especial de tiempo limitado

Rellene el cupón y envíelo a
Harlequin Reader Service®
3010 Walden Ave.
P.O. Box 1867
Buffalo, N.Y. 14240-1867

¡Si! Por favor, envíenme 2 novelas de amor de Harlequin (1 Bianca® y 1 Deseo®) gratis, más el regalo sorpresa. Luego remítanme 4 novelas nuevas todos los meses, las cuales recibiré mucho antes de que aparezcan en librerías, y factúrenme al bajo precio de $3,24 cada una, más $0,25 por envío e impuesto de ventas, si corresponde*. Este es el precio total, y es un ahorro de casi el 20% sobre el precio de portada. ¡Una oferta excelente! Entiendo que el hecho de aceptar estos libros y el regalo no me obliga en forma alguna a la compra de libros adicionales. Y también que puedo devolver cualquier envío y cancelar en cualquier momento. Aún si decido no comprar ningún otro libro de Harlequin, los 2 libros gratis y el regalo sorpresa son míos para siempre.

416 LBN DU7N

Nombre y apellido	(Por favor, letra de molde)
Dirección	Apartamento No.
Ciudad	Estado	Zona postal

Esta oferta se limita a un pedido por hogar y no está disponible para los subscriptores actuales de Deseo® y Bianca®.
*Los términos y precios quedan sujetos a cambios sin aviso previo.
Impuestos de ventas aplican en N.Y.

Deseo

SIEMPRE CONMIGO

YVONNE LINDSAY

Tras un accidente, Xander Jackson sufrió una amnesia que le impedía recordar los últimos años de su vida, incluido el hecho de que había abandonado a su mujer. Y esta, Olivia, decidió aprovecharse de esa circunstancia para volver a empezar con el hombre al que seguía amando. Conseguir que Xander creyera que seguían siendo la pareja feliz y apasionada que habían sido era sencillo. Pero Olivia tenía que hacer desaparecer toda evidencia de la devastadora pérdida que había destruido su relación.

Todo dependía de su capacidad para recuperar el amor de su exmarido

¡YA EN TU PUNTO DE VENTA!

Bianca.

Si pudiera no jugarse el corazón...

El conde Roman Quisvada
era el playboy italiano por
antonomasia. Por eso, cuando la circunspecta Eva Ska-
vanga se presentó en su isla
del Mediterráneo con una
propuesta empresarial, a Roman le interesó mucho más
el placer que podía propor-
cionarle su boca.

Él no era el tipo de hombre
que una virgen elegiría para
estrenarse, pero Eva, que
era un chicazo, estaba em-
pezando a disfrutar con sus
atenciones, hacían que se
sintiera como una mujer de
verdad. Quizá Roman pudiera ayudarla, y no solo a ga-
rantizar la continuidad de la
mina de diamantes familiar.

HARLEQUIN *Bianca.*

Susan Stephens
Lo que desea una mujer

Lo que desea una mujer

Susan Stephens